图书在版编目（CIP）数据

叶芝诗集．玫瑰之恋 / 文爱艺编. -- 济南：济南
出版社，2024.7. -- ISBN 978-7-5488-6658-9

Ⅰ. I562.25

中国国家版本馆 CIP 数据核字第 2024DZ1305 号

叶芝诗集·玫瑰之恋
YEZHI SHIJI MEIGUI ZHI LIAN
作者　威廉·巴特勒·叶芝
编/译/注　文爱艺
校　文中

出 版 人　谢金岭
总 策 划　文爱艺著作博物馆 爱艺书院 美书坊
策　　划　知書BOOK
出版统筹　秦　天
责任编辑　秦　天 杜昀书
书籍设计　王慕蓝
设计助理　李哲慧

出版发行　济南出版社
地　　址　山东省济南市二环南路 1 号（250002）
总 编 室　0531-86131715
印　　刷　山东联志智能印刷有限公司
版　　次　2024 年 7 月第 1 版
印　　次　2024 年 7 月第 1 次印刷
开　　本　148mm×420mm 16 开
印　　张　19.75
字　　数　366 千
书　　号　ISBN 978-7-5488-6658-9
定　　价　131.40 元

如有印装质量问题 请与出版社出版部联系调换
电话：0531-86131736

文中，青年学者，现就于读美国华盛顿大学（*University of Washington*）。

The

Rose

The

文 中
—————
简介

文 中
—————
简介

叶芝代表作系列丛书·最新首译本

The Rose

文爱艺 编/译/注

文中 校

罗宾·雅克插图本
ROBIN JACQUES
ILLUSTRATED BOOK

1893

女鬼之下卷

叶芝
诗集
THE COLLECTED
POEMS OF
WILLIAM
BUTLER YEATS

 济南出版社

in 2011, 2012, 2013, 2015, 2016, 2017, 2018, 2020, 2021, and 2022; *Collection of Love Poems of Wen Aiyi* (9th edition) won the Golden Visual Prize in 2019 Global Design Competition, *Collection of Love Poems of Wen Aiyi* (10th edition) won Taiwan Golden Point Prize in 2017 and American NY TDC 64 TDC Communication Design Winners Prize in 2018, *Collection of Love Poems of Wen Aiyi* (12th edition) won Hong Kong GDA Silver Prize of HKDA Global Design Prizes in 2018, and together with *Mermaid* won American Benny Award in 2019, *Poetry Collection of Wen Aiyi · the 62nd Book · Night Song* won copper prize, and again won American One Show Design Excellent Prize in 2018, and Excellent Prize of the 65th American Certificate of Typographic Excellence in 2019, *Poetry Collection of Wen Aiyi · the 66th Book · Phoenix* won Promotional Design & Publication Silver Award of CGDA in 2020, *The Sylloge of Qu Yuan*, compiled, annotated, and modernized by him won Japanese Onscreen the Best Book Prize, The most influential Gold Award in Asia in 2022, *Six Chapters of a Floating Life* won the 101st American New York ADC Excellence Prize (Annual Awards of Art+Craft in Advertising and Design) in 2022, The most influential Gold Award in Asia in 2022, and it is shortlisted for the annual "Prize for the Most Beautiful Books" in 2022.

The Poetry Collection of Wen Aiyi won the "Prize for the Most Beautiful Books in the World".

Up to now, Wen Aiyi has totally published over 200 books.

He is the translator of over 70 classic works such as *Madame Browning 14 Lines of Love Poetry Anthologies* (illustrated edition), *The Diaries of Adam and Eve* (10 illustrated editions), *The Rubaiyat of Omar Khayyam* (3 illustrated editions), *The Flower of Evil* (15 complete illustrated editions with appreciation), *The Heart of the Wind, Les Guerres Du Luxe, Meditations* (8 illustrated editions), *Poor Charlie's Almanack* (8 illustrated editions), *Les Pensees* (illustrated editions), *The Ancient Egyptian Book of the Dead* (2 illustrated editions), *The Little Prince* (7 illustrated editions), *A Child's Garden of Verses* (9 illustrated editions), *Songs of Innocence* (illustrated edition), *Songs of Experience* (illustrated edition), *The Romance of King Arthur* (2 illustrated editions), *Elegy Written in a Country Churchyard* (2 illustrated editions), *The Old Man and the Sea* (6 illustrated editions), *The Complete Essays of Francis Bacon*, and *Manifesto of the Communist Party*, etc.

He is the compiler of classic Chinese literary works such as *The Departing Sorrow, Heavenly Questions, Nine Songs, Nine Chapters, Nine Debates, The Sylloge of Qu Yuan, The Orchid Pavilion Collection* (2 illustrated editions), *Quatrains, The Soul of Flowers, One Hundred Pictures of Ancient Chinese Customs* (2 illustrated editions), *The Book of Tao and The, Vajracchedika-sutra, The Heart Sutra, The Book of Tea, The Book of Wine, Cursive Script Writing of Tang Poems by Xian Yushu of Yuan Dynasty, Running Script Writing of "Ode to Heavenly Horses" by Mi Fu of Song Dynasty, Twenty Four Modes of Poetry* (2 illustrated editions), *Complete Poems of Meng Haoran, Complete Poems of Chen Zi'ang, Chinese Time, Chinese Patients, Record of a Quiet Heart, Record of a Pure Heart, Ancient Legal Medical Cases, Biographyin-Photo of Jieziyuan* (colorful new complete edition), *Six Chapters of a Floating Life, Classic Library, Golden Treasury of New Poetry, Quality Library of Books*, and *Quality Library of Poetry*, etc.

In addition, he is the editor-in-chief of children's books, such as *Grand Collection of Contemporary Fables* (in 4 volumes), *Famous Contemporary Fables by Celebrities* (in 9 volumes), *Golden Treasury of Contemporary Fables* (in 10 volumes), *100 Contemporary Fables to Enlighten Children's Wisdom*, etc.

With the books written, translated and compiled by him, he has won the "Top 10 Most Beautiful Books Prize from Both Sides of the Straits" for three successive years of 2015 (the beginning year), 2016 and 2018; for sixteen times he won the prizes of "the Most Beautiful Books Prize of China"

Wen Aiyi is a distinguished scholar, translator, writer and poet in contemporary China, who enjoys fame both at home and abroad, and he is a member of the Chinese Writers' Association. He was born in Xiangyang City of Hubei Province, China. Since his childhood he was a great reader of ancient Chinese poetry, and he began publishing his literary works at the age of 14.

He is the author of over 70 collections of poetry, including: Spring Sacrifice, Dreamy Skirt (2 editions), Autumn Rain From Night to Night (2editions), Sunny Flowers (9 editions), Lonely Flowers (4 editions), Flowers in the Rain (2001—2002), Sick Roses (2003—2004), Tenderness, Sitting Alone Beyond Love, By the Dreamy Bank, Memory Dying Away in Flowers, Flowers of Life, The Moon Full of Wings, Moon-side Stars, A Curtain of Dream, The Frame of Mind of Snowflakes, The Beauty Too Late to Awaken, Swarms of Dreams, My Soul Is Fiery Flames: Selected Lyrical Poems of Wen Aiyi (1976—2000), Flowers Blossoming Like Heart: Selected Prose-Poems of Wen Aiyi (1976—2000), The Garden of Roses, Appreciation of Choice Poems of Wen Aiyi (in 3 volumes), Lyrical Poems of Wen Aiyi (in 3 volumes): In Pursuit of Butterflies · Red Lotuses by the Broken Bridge · Purity Awakened by White Snow (classical appreciative collection), Lyrical Poetry Collection of Wen Aiyi, Prose-Poetry Collection of Wen Aiyi, Love Poetry Collection of Wen Aiyi (16 illustrated editions), Poetry Collection of Wen Aiyi (16 illustrated editions), Poetry Collection of Wen Aiyi · the 62nd Book · Night Song, Poetry Collection of Wen Aiyi · the 63rd Book · Flowers of Opposite Bank, Poetry Collection of Wen Aiyi · the 64th Book · Youth, Poetry Collection of Wen Aiyi · the 65th Book · Wind, Poetry Collection of Wen Aiyi · the 66th Book · Phoenix, Poetry Collection of Wen Aiyi · the 67th Book · Flowers in the Wind, Poetry Collection of Wen Aiyi · the 68th Book · Zherong, Poetry Collection of Wen Aiyi · the 69th Book · Time, Poetry Collection of Wen Aiyi · the 70th Book · Heaven and Earth, Poetry Collection of Wen Aiyi · the 71st Book · The Mortal World, Poetry Collection of Wen Aiyi · the 72nd Book · Rippling Water, Selections of Wen Aiyi (in 4 volumes by Huacheng Publishing House), Selections of Wen Aiyi (in 8 volumes by Dunhuang Publishing House), Selections of WenAiyi (in 12 volumes by Sichuan People's Publishing House), The Complete Works of Wen Aiyi (1—4 volumes of poetry · digital edition), etc., which are deeply loved by his readers, hence many editions.

Some of his works have been translated into English, French, Russian, Japanese, Arabian, and Esperanto, etc. Currently he is dedicated to the writing of a series of novels.

经》、《酒经》、《草书·元·鲜于枢书唐诗》、《行书·宋·米芾书天马赋》、《二十四诗品》（2 版·插图本）、《孟浩然全集》、《陈子昂全集》、《中国时间》、《中国病人》、《静心录》、《净心录》、《洗冤集录》、《芥子园画传》（彩色版·新编全集）、《浮生六记》、《经典书库》、《新诗金库》、《品质书库》、《品质诗库》等。

另出版有《当代寓言大观》（4 卷）、《当代寓言名家名作》（9 卷）、《当代寓言金库》（10 卷）、《开启儿童智慧的 100 个当代寓言故事》等少儿读物。

所著、译、编图书，连获 2015 年（首届）、2016 年及 2018 年"海峡两岸十大最美图书"奖，连获 2011 年、2012 年、2013 年、2015 年、2016 年、2017 年、2018 年，2020 年、2021 年、2022 年，共 22 次"中国最美的书"奖；《文爱艺爱情诗集》（第 9 版）获 2019 年环球设计大奖视觉传达类金奖，《文爱艺爱情诗集》（第 10 版）获 2017 年中国台湾金点大奖、2018 年美国 NY TDC 64 TDC Communication Design Winners 大奖，《文爱艺爱情诗集》（第 12 版）获中国香港 2018 年 HKDA 环球设计大奖 GDA 银奖，同《鲛》再获 2019 年美国 Benny Award 大奖，《文爱艺诗集·第 62 部·夜歌》获铜奖，再获美国 2018 年 ONE SHOW DESIGN 优异奖、2019 年第 65 届美国 Certificate of Typographic Excellence 年度优异奖；《文爱艺诗集·第 66 部·凤凰》荣获 CGDA 2020 年推广用品及出版物 Promotional Design & Publication Silver Award 银奖，编、注、译的《屈原总集》获日本 onscreen 类最佳作品奖，再获 2022 年 DFA 亚洲最具影响力设计奖金奖；《浮生六记》获美国 2022 年第 101 届纽约 ADC（Annual Awards of Art+Craft in Advertising and Design）优点奖、2022 年 DFA 亚洲最具影响力设计奖金奖，入围 2022 年度"世界最美的书"奖。

《文爱艺诗集》获"世界最美的书"奖。

共出版著述 200 多部。

文爱艺

文爱艺，享誉中外的当代著名学者、翻译家、作家、诗人，中国作家协会会员。生于湖北省襄樊市（今湖北襄阳），从小精读古典诗词，14 岁开始发表作品。

著有《春祭》、《梦裙》（2 版）、《夜夜秋雨》（2 版）、《太阳花》（9版）、《寂寞花》（4 版）、《雨中花》（2001—2002）、《病玫瑰》（2003—2004）、《温柔》、《独坐爱情之外》、《梦的岸边》、《流逝在花朵里的记忆》、《生命的花朵》、《长满翅膀的月亮》、《伴月星》、《一帘梦》、《雪花的心情》、《来不及摇醒的美丽》、《成群结队的梦》、《我的灵魂是火焰·文爱艺抒情诗选集》（1976—2000）、《像心一样敞开的花朵·文爱艺散文诗选集》（1976—2000）、《玫瑰花园》《文爱艺诗歌精品赏析集》（全三卷）、《文爱艺抒情诗集（全三册）——追逐彩蝶·断桥边的红莲·白雪唤醒的纯洁》（典藏本赏析版）、《文爱艺抒情诗集》、《文爱艺散文诗集》、《文爱艺爱情诗集》（16 版插图本）、《文爱艺诗集》（16 版·插图本）、《文爱艺诗集·第 62 部·夜歌》、《文爱艺诗集·第 63 部·彼岸花》、《文爱艺诗集·第 64 部·青春》、《文爱艺诗集·第 65 部·风》、《文爱艺诗集·第 66 部·凤凰》、《文爱艺诗集·第 67 部·风中之花》、《文爱艺诗集第 68 部柘荣》、《文爱艺诗集第 69 部光阴》、《文爱艺诗集第 70 部·天地》、《文爱艺诗集·第 71 部·人间》、《文爱艺诗集·第 72 部·潋滟》、《文爱艺选集》（花城版首批 4 卷本）、《文爱艺选集》（敦煌版首批 8 卷本）、《文爱艺选集》（四川人民版首批 12 卷本）、《文爱艺全集》（诗 1—4 卷·数字版）等 70 多部诗集，深受读者喜爱，再版不断。

部分作品被译成英、法、俄、日、阿拉伯、世界语等文字。现主要致力于系列小说的创作。

译有《勃朗宁夫人十四行爱情诗集》（插图本）、《亚当夏娃日记》（10版·插图本）、《柔波集》（3 版·插图本）、《恶之花》（15 版·全译本·赏析版·插图本）、《风中之心》、《奢侈品之战》、《沉思录》（10 版·插图本）、《箴言录》（10 版·插图本）、《思想录》（插图本）、《古埃及亡灵书》（2 版·灵魂之书·插图本）、《小王子》（7 版·插图本）、《一个孩子的诗园》（9 版·插图本）、《天真之歌》（插图本）、《经验之歌》（插图本）、《亚瑟王传奇》（2 版·插图本）、《墓畔挽歌》（2版·插图本）、《老人与海》（6 版·插图本）、《培根随笔全集》、《共产党宣言》等 70 余部经典名著及其他著作。

编著有《离骚》、《天问》、《九歌》、《九章》、《九辩》、《屈原总集》、《兰亭集》（2 版·插图本）、《绝句》、《花之魂》、《中国古代风俗百图》（2 版·插图本）、《道德经》、《金刚经》、《心经》、《茶

序

——

文爱艺

序

一

——

文爱艺

七

一

威廉·巴特勒·叶芝

William Butler Yeats,1865 年 6 月 13 日—1939 年 1 月 28 日

亦译"叶慈""耶茨",爱尔兰诗人、剧作家、散文家,神秘主义者,是爱尔兰文艺复兴运动的领袖,是后期象征主义诗歌的主要代表,对现代诗歌的发展产生过重大影响。也是艾比剧院(*Abbey Theatre*)的创建者之一。

他被诗人托马斯·斯特尔那斯·艾略特(*Thomas Stearns Eliot*)[1]誉为"我们时代最伟大的诗人"。

叶芝早期的作品带有唯美主义倾向和浪漫主义色彩。后期作品融现实主义、象征主义和哲理思考为一体,以洗练的口语和含义丰富的象征手法,表现了善恶、生死、美丑、灵肉的矛盾统一,诗风独特,汲取浪漫主义和唯美主义的抒情而不流于铺张,融合现代派的新颖和奇幻而不失晦涩,抒情作品因写尽与茅德·冈(*Maud Gonne*)的终生恋情,而更加具备了深刻的感染力。

叶芝是 20 世纪现代主义诗坛上,与艾略特各领风骚的爱尔兰诗人,他的创作理论和实践对现当代的影响无疑是深远的。

他的创作风格对埃兹拉·庞德(*Ezra Pound*)[2]、詹姆斯·乔伊斯(*James Joyce*)[3]甚至艾略特都产生过较大影响。

即使在当代,他的主要诗集如《十字路口》(*Crossways, 1889*)、《玫瑰之恋》(*The Rose, 1893*)、《乌辛漫游记》(*The Wanderings of Oisin, 1889*)、《芦苇间的风》(*The Wind Among the Reeds, 1899*)、《责任》(*Responsibility, 1914*)、《晚年的诗,1902 — 1938 年》(*Later Poems, 1902—1938*)等,仍为无数读者争相传诵。

叶芝对戏剧也有深厚的研究,先后写过 26 部剧本,具有代表性的是《凯瑟琳女伯爵》(*The Countess Cathleen, 1892*)。

1923 年 12 月 10 日,叶芝因对爱尔兰文艺复兴做出了杰出的贡献而获得诺贝尔文学奖,获奖的理由是:"用鼓舞人心的诗篇,以高度的艺术化的形式表达了整个民族的精神风貌。"(*Inspired poetry, which in a highly artistic form that gives expression to the spirit of a whole nation.*)

1934 年,他和约瑟夫·鲁德亚德·吉卜林(*Joseph Rudyard Kipling*)[4]共同获得古腾堡诗歌奖。

叶芝的诗受浪漫主义、唯美主义、神秘主义、象征主义、玄学诗的影响,形成独特的风格,是英语诗从传统到现代过渡的缩影。

叶芝早年的创作,具有浪漫主义的华丽风格,善于营造梦幻般的氛围。

晚年时,在现代主义诗人埃兹拉·庞德等人的影响下,及在参与爱尔兰民族主义政治运动的切身体悟中,他的创作风格发生了剧烈的变化,更趋近现代主义。

1865 年 6 月 13 日，叶芝出生于爱尔兰首都都柏林近郊的桑迪蒙特（Sandymount），是一位肖像画家的儿子。他的父亲约翰·巴特勒·叶芝（John Butler Yeats）是亚麻商人杰维斯·叶芝（Jervis Yeats）的后裔。约翰·巴特勒·叶芝结婚的时候正在学习法律，但是很快便辍学，转而学习画肖像画。他的母亲苏珊·玛丽·波雷克斯芬（Susan Mary Polexfen）来自斯莱戈郡（County Sligo）上的一个盎格鲁—爱尔兰裔家族。在威廉·巴特勒·叶芝出生后不久，全家便迁至斯莱戈（Sligo）的大家族中，他本人一直认为是斯莱戈孕育了自己真正的童年岁月。

威廉·巴特勒·叶芝
William Butler Yeats,
1865 年 6 月 13 日
—
1939 年 1 月 28 日

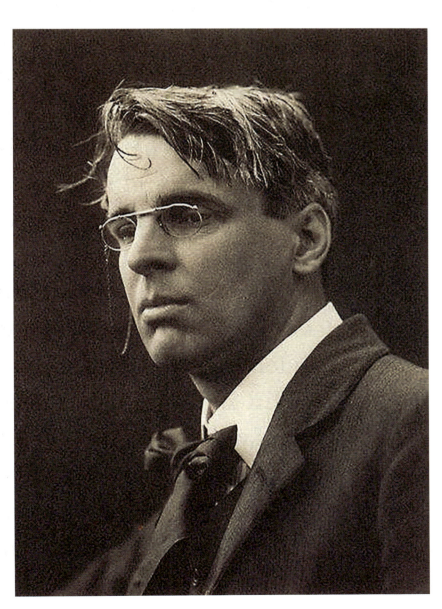

INTRODU

Of the great English-speaking
Yeats, T. S. Eliot, Dylan Thomas,
is unmistakably the greatest. Fe
than a dozen great poems. Yeat
poetic career in 1885 to his death
forty, and most of the rest are goo
steady development from good to
has what critics call organic uni
poems seem as different in kind
poems; but closer inspection prov
gus?" is not unlike "Sailing to E
and theme. What distinguishes Y
is a grandeur and nobility at once
sponsive to it. And, like any gr
universal at once.

Yeats was an Anglo-Irishman,
less unacceptable in England and
condemned him as English, and
Dublin in 1865—his father a p
grandfather a clergyman of the Cl
his youth in Dublin, London, an
which contains Ben Bulben, a con
of Innisfree, Slish Wood and Kn

德鲁姆克利夫（*Drumcliff*）位于斯莱戈以北 8 公里，那里有一座教堂和墓地。凯尔特风格的高十字架（*High Cross*）在墓地中非常引人注目，诗人叶芝的墓碑依稀可寻。每到夏季，教堂就会放映介绍叶芝和圣科伦希尔（*St Columcille*）的短片。

石楠花岛（*Innisfree*）位于斯莱戈东南的吉尔湖中。叶芝在《氤梦湖岛》中提到过这座小岛。

斯利什森林（*Slish Wood*）位于吉尔湖南岸，叶芝在他的诗《被偷走的孩子》（*The Stolen Child*）中提到了这里。

诺克纳瑞尔山（*Knocknarea*）位于斯莱戈以西 8 公里处的海边，海拔327 米，曾在叶芝的诗《凯尔特的薄暮》中出现过。周边一带曾发掘出新石器时代的墓室。

本·布尔本山（*Ben Bulben*）位于斯莱戈以北 15 公里处，是一座形状奇特的石山。它经常出现在叶芝的诗中，如《凯尔特的薄暮》《本·布尔本山下》等，它甚至被誉为"叶芝之国"（*Yeats Country*）。

叶芝纪念馆（*Yeats Memorial Building*）位于斯莱戈小镇的中心，建于 1895 年，最初是一所银行，现在用以纪念这位伟大的爱尔兰诗人。

每年，在爱尔兰国民诗人威廉·巴特勒·叶芝的诞辰，从他的故乡斯莱戈小镇到爱尔兰首都都柏林，甚至到南美洲、非洲，喜爱叶芝的读者都会发起创意纷呈的活动，以纪念这位伟大的浪漫主义诗人。

1986 年 5 月 4 日首译于武昌珞珈山
1989 年 6 月 9 日初稿于枣阳
1999 年 9 月 2 日改稿于南宁
2018 年 4 月 5 日校订于上海
2020 年 7 月 9 日修正于襄樊（今襄阳）
2021 年 9 月 7 日再校改于襄樊（今襄阳）
2022 年 5 月 1 日跋于襄樊（今襄阳）
2022 年 6 月 9 日再改于襄樊（今襄阳）"文爱艺著作博物馆"筹备处
2022 年 7 月 19 日定稿于襄樊（今襄阳）"文爱艺著作博物馆"筹办处
2023 年 6 月 29 日再改于郑州

一

2008 年，叶芝的笔记本在爱尔兰国家图书馆展出，展览的主题是"诗人威廉·巴特勒·叶芝的生活和作品"。

笔记本摊开的那一页，展现的是茅德·冈小姐写给叶芝的信。

展览的中心，竖立着茅德·冈小姐的雕像。

在展览中播放的四部影片里，叶芝是一位公众人物、诗人、情人、神秘主义者，也是一位获得了巨大文学成就，但又有些自负、古怪的人。

这次展览，被看成是对叶芝家族的一个感谢之举。

1939 年，在叶芝离世后，他的夫人乔治·海德·利斯陆续将他的文稿赠给了爱尔兰国家图书馆。他们的儿女在去世前，也陆续将父亲的作品作为礼物捐赠给了图书馆。

二

他的故乡斯莱戈，是爱尔兰西北部的一个小镇，它几乎就是为了诗人叶芝而存在。

叶芝长期在这里居住，他用笔记录了这里瑰丽的民间传说，描绘了这里的风景、历史。从优美的篇章里，读者可以窥见这里的秀美风光。

这里名胜古迹，随处可见：

始建于 1253 年的斯莱戈修道院（*Sligo Abbey*），1414 年被一场大火烧毁。后来的历次战乱，让这座古老的修道院历经沧桑。19 世纪 50 年代，修道院在帕默斯顿勋爵（*Lord Palmerston*）的主持下得以重建。

圣母无原罪大教堂（*Cathedral of the Immaculate Conception*）是斯莱戈的教区教堂，也是爱尔兰为数不多的诺曼式建筑。教堂的后殿、高塔、尖顶非常壮观。

卡洛莫尔（*Carrowmore*）位于斯莱戈西南 5 公里，是全欧洲最大的史前时代公墓。

poets in our time—Hopkins, , and Wallace Stevens—Yeats w poets have produced more s, from the beginning of his n in 1939, produced thirty or od. He is remarkable too for a o better to best. Yet his work ity. At first glance the early as in degree from the later es that "Who Goes with Fer- Byzantium" in craft, finality, Yeats from his contemporaries e foreign to our time and re- reat writer, he was local and

one, that is, who was more or Ireland alike. In Ireland they in England, as Irish. Born in ortrait painter and his great- hurch of Ireland—Yeats spent d Sligo, his mother's county, siderable mesa, and the island ocknarea, where the fabulous

巴特勒·叶芝家族是一个非常具有艺术气息的家族。叶芝的弟弟杰克（Jack）后来成为一位著名的画家，他的两个姐妹伊丽莎白（Elizabeth）和苏珊（Susan）都参加过著名的"工艺美术运动"。

为了父亲的绘画事业，叶芝的家族迁至伦敦。起初，叶芝和他的兄弟姐妹接受的是家庭教育。叶芝的母亲非常思念故地斯莱戈，经常给孩子们讲家乡的故事和民间传说。

1877 年，叶芝进入葛多芬（Godolphin）小学，在那里学习了四年。他并不喜欢在葛多芬的这段经历，成绩也不突出。

1880 年，因经济上的困难，叶芝全家迁回都柏林。起初住在市中心，后搬到郊外的皓斯（Howth）。他在父母的陪伴下度过了童年时光。

叶芝早期学习绘画，曾在都柏林大都会美术学院深造，是伦敦艺术家和作家团体中年轻的一员，他经常关注期刊《黄皮书》（The Yellow Book）。

他写了诗歌戏剧《摩沙达》（Mosada, 1886），长篇叙事诗《乌辛漫游记》。

1896 年，在回到爱尔兰之前，他又写了另外四部作品。

叶芝是艾比剧院的决策者之一，也担任过爱尔兰国会参议员。他十分重视自己的这些社会职务，是爱尔兰参议院中有名的工作勤奋者。

叶芝在皓斯的时光，是他重要的发展阶段。

皓斯周围丘陵、树林密布，相传有精灵出没。叶芝家雇的女仆是渔人的妻子，熟知各类乡野传奇。她娓娓道来的神秘冒险故事，全都被叶芝收录在后来出版的《凯尔特的薄暮》（The Celtic Twilight, 1893）里。

1881 年 10 月，叶芝在都柏林的伊雷斯摩斯·史密斯（Erasmus Smith）中学继续他的学业。由于父亲的画室就在这所学校附近，他经常在此消磨时光，也因此结识了都柏林城里的很多作家、艺术家。在此期间，叶芝大量阅读莎士比亚等英国作家的作品，常和比他年长许多的文学家、艺术家们讨论。

1883 年 12 月，他从这所中学毕业，开始诗歌创作。

1884 年到 1886 年，他就读于位于基尔岱尔大街的大都会艺术学校（Metropolitan School of Art），即如今爱尔兰国立艺术设计学院（National College of Art and Design）的前身。

1885 年，叶芝在《都柏林大学评论》（Dublin University Review）上发表了他的第一部诗作及一篇题为《赛缪尔·费格森爵士的诗》的散文。

在开始进行诗歌创作前，叶芝已尝试将诗歌和宗教观念、情感结合起来。

在后续作品中，他在描述自己童年生活的时候说："我认为……如以一种强大悲天悯人的精神构成这个世界的宿命，我们便可以通过那些融合了人的心灵、对这个世界的欲望的词句来更好地理解这种宿命。"

他早年的诗，通常取材于爱尔兰神话和民间传说，语言风格受到拉斐尔前派散文的影响。

1887 年，叶芝随家庭重新搬回伦敦，开始专门从事诗歌创作。

1890 年，叶芝和欧那斯特·莱斯（Ernest Rhys）共同创建了"诗人会社"（Rhymer's Club）。这是由一群志同道合的诗人组成的文学团体，诗人们定期集会，并于 1892 年、1894 年分别出版了他们的诗选。"诗人会社"的文学成就并不高，叶芝是其中唯一取得了显著成就的诗人。

叶芝早期的诗，风格属于自 19 世纪发展而来的英国浪漫主义传统。但因叶芝的爱尔兰背景，他早期的诗在题材上展现出了独特的爱尔兰特色，别于英国浪漫主义的诗歌。

两者的结合，催生了叶芝早期诗歌独特的风格：韵感强烈，充满柔美、神秘的梦幻色彩；诗中人物，多为爱尔兰神话传说中的英雄、智者、诗人及魔术师等。

这些诗表现出忧郁抒情的氛围，风格颇似雪莱。对年轻敏感的叶芝而言，诗即梦，梦保护着俗世中的诗人。他孩童时沉浸其中的爱尔兰神话与民间故事，是他寻梦的遥远去处。

叶芝早期的诗歌仍然具有浪漫主义的华丽风格，善于营造梦幻般的氛围，主题大多是回忆和梦想。他在这一时期的顶峰之作是《茵梦湖岛》（The Lake Isle of Innisfree, 1890），这是他白日梦的杰作，反映了他对故乡爱尔兰的思恋情绪。它被广为传诵的部分原因，就在于彻底的浪漫主义主题和独特的语言风格。

叶芝早期的作品包括诗集《玫瑰之恋》《芦苇间的风》。

黄皮书 9
The Yellow Book vol. 9

作者 / 插图：
亚瑟·加斯金
Arthur Gaskin, 1862—1928 年

奥布里·比亚兹莱
Aubrey Beardsley, 1872—1898 年
等

出版：
E. Mathews & J. Lane（伦敦 /*London*）、
Copeland & Day（波士顿 /*Boston*），*1896*

1923 年，获诺贝尔文学奖。

1924 年，出版《随笔集》《猫和月光》。

1925 年，发表《瑞典之丰饶》，出版《早期的诗篇与故事》《灵视》。

1926 年，在艾比剧院再次被牵扯进一场由欧卡西的剧本《星与犁》所引发的动乱中。出版自传《疏远》和《幻象》。

1927 年，出版《十月的爆发》。

1928 年，出版《塔楼》。

1932 年，出版《或许是为音乐而说》。

1933 年，出版《回梯与其他诗作》。

1934 年，出版《窗棂上的世界》《车轮与蝴蝶》《剧作选集》。

1935 年，出版《三月的满月》《登场人物》。

1936 年，出版《牛津现代诗选》。

1937 年，出版《小品文集》。

1938 年，完成《贺恩的蛋》，出版《新诗集》。完成《炼狱》，被公认为他最完美的作品，8 月在都柏林上演。

1939 年 1 月 28 日于法国离世，葬于罗克布罗恩。

1939 年出版《最后的诗歌及两个剧本》《气锅中》。

1948 年 9 月，遗体被运回爱尔兰，葬在本·布尔本山下。

二

1889 年 1 月 30 日，23 岁的叶芝，在伦敦初次遇见了 22 岁的美丽女演员茅德·冈，她是一位驻爱尔兰英军上校的女儿，不久前父亲去世，继承了一大笔遗产。茅德·冈非常仰慕叶芝早年的诗作《雕塑的岛屿》，主动和叶芝结识。茅德·冈美貌非凡，大戏剧家萧伯纳（George Bernard Shaw）仅与她有过一面之缘，便深深感叹于她的美貌。她在感受到爱尔兰人民受到英裔欺压的悲惨状况后，开始同情爱尔兰人民，毅然放弃都柏林上流社会的社交生活，投身于争取爱尔兰民族独立的运动中，并成为领导人之一。这为叶芝心目中的茅德·冈在美丽以外平添了特殊的光辉。

叶芝初识茅德·冈时这样写道："她的那种美属于名画，属于诗篇，属于古老的传说。"她是一位热衷于爱尔兰民族主义运动的女性，他为她写了至少一百首以上的诗。叶芝深深迷恋上这位小姐，这也极大地影响了他的创作和生活。

1891 年 7 月，叶芝误解了茅德·冈给他的一封信中的信息，以为她对自己做了爱情的暗示，于是兴冲冲地跑去向茅德·冈求婚。但她拒绝了，并说不能和他结婚，但希望和他保持友谊。

之后，叶芝多次向她求婚，皆遭拒绝。尽管如此，叶芝对茅德·冈仍魂牵梦萦，并以她为原型创作了剧本《凯瑟琳女伯爵》。

剧中，凯瑟琳将灵魂卖给了魔鬼，让她的同胞免于饥荒，最后上了天堂。"在那里，岁月遗忘我们，悲哀不再来临；转瞬远离玫瑰、百合、星光的侵蚀，只要我们是双白鸟，亲爱的，出没在浪花里。"然而这种追求总是那么空茫、罗曼蒂克，却没有承担起丰富人生的痛苦和普遍真理。

1899 年，此剧才得以上演，引发宗教、政治上的诸多争议。

1896 年，叶芝结识了格雷戈里夫人（Lady Gregory）[5]，介绍人是他们共同的朋友爱德华·马丁（Edward Martyn）。

1894 年，格雷戈里夫人参与萧伯纳《武器与人》（Arms and the Man）在伦敦的首演。她是富有的英国女人，鼓励叶芝投身民族主义运动，进行戏剧创作。

1903 年，茅德·冈嫁给了爱尔兰民族运动政治家约翰·麦克布莱德（John McBride）。在这之后，叶芝选择离开爱尔兰，动身去美国进行一场漫长的巡回演讲。这段时期他和奥利维亚·莎士比亚（Olivia Shakespear）有过短暂的恋情，他们在 1896 年结识，一年后分手。

尽管叶芝受法国象征主义（Symbolism）的影响，但他的创作显然具有清晰、独特的爱尔兰风格。这种风格在叶芝与爱尔兰年轻一代作家的交往中得到强化。

叶芝和格雷戈里夫人、马丁以及一些其他爱尔兰作家共同发起了著名的爱尔兰文艺复兴运动（Irish Literary Revival，或称"凯尔特文艺复兴运动"）。除了文学创作，学院派的翻译家们对古代传奇故事、盖尔语诗歌及近代的盖尔语民歌的翻译、发掘工作也十分关注，这对爱尔兰文艺复兴运动起到了巨大的促进作用。

茅德·冈
Maud Gonne

爱尔兰文艺复兴运动的代表人物是后来成为爱尔兰总统的道格拉斯·海德（*Douglas Hyde*）[6]，他编纂的《康纳特的情歌》（*The Love Songs of Connacht, 1896*）备受推崇。

1889 年，叶芝、格雷戈里夫人、马丁、乔治·摩尔（*George Moore*）创立了"爱尔兰文学剧场"（*Irish Literary Theatre*）。这个团体仅存在了两年，并不成功。

在拥有丰富戏剧创作经验的爱尔兰兄弟威廉·费侬、弗兰克·费侬和叶芝的秘书安妮·伊丽莎白·弗莱德里卡·霍尔尼曼不计报酬的鼎力协助下，这个团体成功打造了一个崭新的爱尔兰国家戏剧界。

随着剧作家约翰·米林顿·辛格（*John Millington Synge*）[7]的参与，这个团体在都柏林靠戏剧商演赚到了很多钱。

1904 年 12 月 27 日，他们共同创建了艾比剧院。

爱尔兰文艺复兴运动最不朽的成就之一，就是艾比剧院的成立。

艾比剧院给有才华的爱尔兰作家提供了发挥他们才能的场所，使他们脱颖而出。

剧院的开幕之夜，叶芝的两部剧作隆重上映。

从此，一直到他去世，叶芝的创作始终和艾比剧院相关。他不仅是剧院的董事会成员之一，也是一位高产的剧作家。

一大批剧作家出现在艾比剧院的舞台上，如乔治·莫尔、艾丽斯·米利根（*Alice Milligan*）、乔治·威廉·拉塞尔（*George William Russell*）、詹姆斯·卡曾斯（*James Cousins*）、帕德里克·科拉姆（*Padraic Colum*）、谢默斯·麦克马纳斯（*Seamus MacManus*）等。

剧院也培养了约翰·米林顿·辛格和肖恩·奥凯西（*Sean O'Casey*）这样负有盛名的剧作家。

1902 年，叶芝资助建立了丹·埃默出版社，出版与文艺复兴运动相关的作家作品。

1904 年，丹·埃默出版社更名为库拉出版社，存在至 1946 年，由叶芝的两个姐妹经营。共出版了 70 本著作，其中 48 本是叶芝自己写的。

1895 年，出版《诗集》。

1896 年，与赛门斯重游爱尔兰，认识格雷戈里夫人。

1897 年，出版《神秘的玫瑰》。

1899 年，参加建设爱尔兰国家剧院的运动。出版《芦苇间的风》。

1900 年，出版《幽暗的波涛》。

1901 年，与乔治·莫尔合作创作《狄阿缪与格兰尼亚》。

1902 年，出版《霍里汉之女凯瑟琳》《什么都没有的地方》。

1903 年，出版《善恶之观念》。

1904 年，出版《国王的门槛》《贝里海滨》《在七片树林里》。

1906 年，出版《叶芝诗全集》。

1907 年，为辛格的剧本《西方世界的花花公子》发表辩护言论。出版《叶芝诗全集》（第二卷）、《发现》。

1908 年，出版《从星球来的独角兽》《金盔》及《韵文、散文作品全集》（全 8 卷）。

1910 年，英国王室提供 150 镑的年薪给叶芝。出版《绿盔及其他诗作》。

1911 年，出版《沙奇与其时代的爱尔兰》。

1913 年，创作《挫折的诗歌》。

1914 年，出版《责任》。

1916 年，都柏林发生复活节起义，英国政府处死了 16 名叛乱首脑。出版《青春岁月的幻想曲》。

1917 年，和乔治·海德·利斯步入婚姻的殿堂。完成《库尔的野天鹅》。

1918 年，出版《宁静的月色中》。

1919 年，出版《二次圣临》。

1921 年，出版《迈克尔·罗巴茨与舞蹈家》《四年》《献给舞者戏剧四篇》。

1922 年，爱尔兰独立。结束《面纱的颤抖》的创作。

1865 年 6 月 13 日，叶芝出生于爱尔兰首都都柏林近郊的桑迪蒙特。他的父亲约翰·巴特勒·叶芝是亚麻商人杰维斯·叶芝的后裔，原本从事律师职业，后为了绘画放弃了这个职业。他的母亲苏珊·玛丽·波雷克斯芬来自斯莱戈郡上的一个盎格鲁–爱尔兰裔富商家族。

1868 年，举家迁往伦敦。

1871 年，父亲在家中对他进行启蒙教育。

1880 年，迁回都柏林。

1882 年，受雪莱的影响开始写诗。

1884 年，在都柏林大都会艺术学校就读，认识了诗人兼神秘主义派的支持者乔治·拉塞尔。

1885 年，和朋友创立了"都柏林秘术兄弟会"。6 月 16 日召开第一次集会，叶芝是领袖。同年，都柏林的"神智学会馆"在通灵法师婆罗门·摩西尼·莎特里的组织下正式开放，叶芝次年参加了第一次降神会。之后，叶芝沉迷于炼金术、通神论。

1886 年，放弃美术学习，致力于诗歌的创作。

1887 年，全家再次迁往伦敦，之后在英、爱两国间不停往返。参加布拉瓦茨基夫人举办的"神智学会馆"。

1888 年，完成《爱尔兰乡村的神话和民间故事集》。

1889 年，和父亲的朋友艾理斯合作整理布莱克的诗集，两个人耗费了 4 年的时间才完成这项工作。同年认识了女演员茅德·冈。创作了《乌辛漫游记》。

1890 年，和欧那斯特·莱斯共同创建了"诗人会社"。

1890 年，加入"金色黎明秘术修道会"，1900 年成为该会的领袖。

1891 年，创办"诗人协会"和"爱尔兰文学会"。结束对《约翰·雪曼》的创作。

1891 年，创作《经典爱尔兰故事》。

1892 年，出版《凯瑟琳女伯爵》。

1893 年，出版《凯尔特的薄暮》。

1894 年，出版《心愿之乡》。

1917 年夏天，叶芝和茅德·冈重逢。他向她的养女求婚，遭到了拒绝，52 岁的叶芝终于死了心。9 月份，他改向一位英国女人乔治·海德·利斯（*George Hyde-Lees*）求婚，求婚成功，两人在 10 月 20 日结婚。

1916 年，叶芝用 35 英镑买下 14 世纪诺曼人在库尔公园附近盖的古塔——巴列利塔。他将此幽居更名为托尔·巴利塔（*Thoor Ballylee*），称之为"孤寂之塔"。"孤寂"的背后深藏着诗人的深情。叶芝在此底层的大房间里写作，在暗夜的烛光下，妻子睡着的身影将他带进深沉的温柔，诗句就这样汩汩而出。

托尔·巴利塔四周被森林环绕，深邃、幽静。风在四野呼啸，暮霭随风飘浮，横扫一切。仿佛听见诗人调侃地吟唱着：

"哦，别爱得太久，我曾久久地爱过，结果年华流逝，似一首过时的歌……"

1929 年，叶芝一家迁出托尔·巴利塔。他从此再未返回这里，它一度荒废，被半掩在常青藤里。

很多年后，叶芝回顾以往，近三十年的感情迷恋，到头来一场空。

叶芝对茅德·冈，一见钟情、一往情深、一生倾情，茅德·冈一生都在拒绝。

叶芝在文章里，回忆起第一次见到她时的印象："她伫立窗畔，身旁盛开着一大团苹果花；她光彩夺目，仿佛自身就是洒满了阳光的花瓣。"

他没想到，在一个活着的女人身上能看到这样超凡的美。他和茅德·冈之间，可望而不可即，痛楚、喜悦交织，希望、失望相随。这种爱情，让他在感情上痛苦一生，但也激活了他心灵深处的激情，让他得到了灵感。

叶芝深深地爱恋着茅德·冈，但她的高贵使他深感无望。年轻的他觉得自己"不成熟，缺乏成就"，尽管受到苦涩、羞怯恋情的煎熬，却一直没有表白，因为他觉得她不可能嫁给穷学生。

茅德·冈对叶芝，若即若离，平行交汇，越走越远。

三

早期的叶芝，对缪斯充满着无限的向往。他的诗歌常常感叹爱情的不幸，感慨时光的流逝，表达对美好事物的不懈追求。

茅德·冈作为漂亮的名演员、爱尔兰自治运动的领袖人物，有自己的事业，有不易改变的感情原则。在茅德·冈的眼里，叶芝身上有一种"女人的气质"。

可惜，这些叶芝并不知道。即使知道，也未必退却，他依然会坚持认为，一切都可能有所改变。

1898 年，茅德·冈与一位军官同居，叶芝愤而作诗《鱼》（*The Fish*）："来日人们将熟悉 / 我是怎样把渔网抛出，你又是怎样无数次地 / 越过细细的银索，他们会认为你薄情寡义，并把你狠狠地斥责。"

1902 年，叶芝当上了爱尔兰民族剧院协会主席，茅德·冈是副主席。他们一起出行，到处演讲，这样相处的机会，对一般人来说已很优厚，但叶芝的深情依然没有得到回应。

1903 年，茅德·冈与爱尔兰民族运动政治家约翰·麦克布莱德少校结婚。这一年，叶芝愤而动身去美国进行了漫长的巡回演讲和旅行。旅途中，叶芝仍写诗表达对她不渝的爱："我的每一句话都自出真心，我赞美你的身体和精神。"

叶芝的爱里，从没有绝望，爱的路上，也没有悬崖。尽管这段时期叶芝试着和奥利维亚·莎士比亚有过短暂的恋情，两人却在一年后分手。

茅德·冈与少校的婚姻后来颇有波折，甚至出现了灾难。

1916 年，当少校被当局处以死刑，叶芝最后一次向茅德·冈求婚，再次遭到拒绝。之后，叶芝突然做出了惊世骇俗的举动，转向茅德·冈年轻的养女伊莎贝尔求爱，遗憾的是，母女俩如出一辙地坚定拒绝。

叶芝在《沮丧中写下的诗》中说："现在我已五十，我必须忍受这胆怯的太阳。"在他看来，自己除了太阳一无所有。

他没有逃避现实，也不安于现实。他深知，只有把针扎在肉里，穿针引线，血泪迷蒙，才能走到上帝面前。

在《驶向拜占庭》(*Sailing to Byzantium*) 里，叶芝剖析自己："衰颓的老人不过是件微不足道的废物，一件披在拐杖上的破烂外套，除非灵魂为之拍手作歌，大声歌唱它皮囊的每个裂绽。"为了追求真理，他对自己冷酷无情，勇于暴露自己人性的弱点。

1917 年，52 岁的叶芝娶乔治·海德·利斯为妻。

爱情长跑终于到了终点，但终点不是原来预想的那一个。

与乔治结婚不久，叶芝买下了位于爱尔兰高维郡（*County Galway*）库尔公园附近的巴列利塔，将其更名为托尔·巴利塔。叶芝余生中的大部分夏季都是在这里度过的。

1939年1月28日，叶芝逝世，葬于法国罗克布罗恩。第二次世界大战爆发。

1946年，"克兰纳·波布拉赫塔"成立。

1948年，德瓦莱拉在大选中失利，新的跨党派政府成立。爱尔兰共和国脱离英联邦。叶芝遗体重新埋葬于斯莱戈德鲁姆克利夫教堂墓地。

1953年，茅德·冈去世。

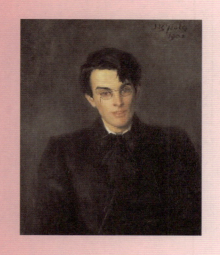

1900年，叶芝父亲所作的叶芝画像

1919年2月24日，叶芝的长女安·叶芝（Ann Yeats）在都柏林出生。她继承了母亲的智慧、宁静、友善及父亲不凡的艺术天赋，成为一名画家。

远离叶芝爱的世界的茅德·冈，说过一句很有意味的话："世人会因我没有嫁给他，而感谢我。"这句话，与叶芝孤独执着的爱恋一样，至今仍是世人心中的一个谜。没有人能搞明白，他为什么会爱得如此坚定，而她又为何如此决绝，还说出这样一句富有前瞻性的话。

1923年，叶芝从瑞典国王手上接过了当年的诺贝尔文学奖。这个在爱的道路上走得跟跄、没有收获完美爱情的孤独者，在文学上大获全胜。

这一年，叶芝已经58岁，他开始渐渐"服气"："虽然枝条很多，根却只有一条，穿过我青春的所有说谎的日子，我在阳光下抖掉我的枝叶和花朵，现在我可以枯萎而进入真理。"

1938年的夏天，叶芝写下了他最后的杰作。写完这首诗大约5个月后，他与世长辞。在生命的最后几个月里，他还给茅德·冈写信，约她喝茶，但依旧被拒绝。

在叶芝的葬礼上，人们并没有看见茅德·冈"一直保持到晚年的瘦削"的身影。

《当你老了》（When You Are old, 1893），这首诗不知感动了天下多少人，却唯独没有感动最应该被感动的她。

四

叶芝是 20 世纪爱尔兰文艺复兴运动的领导人、后期象征主义诗歌的主要代表，对 20 世纪英国诗歌的发展产生了重要的影响。

叶芝的历史，就是世纪之交的爱尔兰的历史。他的诗，将个人的历史和那一时期的爱尔兰历史融为一体。

叶芝早期创作的诗歌多取材于爱尔兰本土的传奇与民谣。他是爱尔兰民族主义运动的参加者，政治是他诗中的一大主题。与叶芝的民族主义激情紧密相连的，是他对献身于爱尔兰文化复兴的杰出女演员茅德·冈的爱情，爱情因而也是他终生的创作主题。

他与格雷戈里夫人的合作，对爱尔兰戏剧的发展产生了巨大的影响。叶芝的人生经历，同他的诗有紧密的联系。凭他创造神话的想象力，叶芝将生活中许多平凡的事件化为美妙的诗句，创造出了具有叶芝风格的象征主义。

艺术与自然的关系，在叶芝的很多诗中得到了体现。

他在创造他的艺术、象征主义的同时，似乎急欲为历史画像。因受神秘主义的影响，这幅神秘的历史画像，颇具悲剧色彩。

人的命运，由外在力量控制。历史不停地旋转，必将重现。

《丽达与天鹅》（Leda and the Swan, 1904）、《二次圣临》（The Second Coming, 1920）描述的正是这一主题。

多样性的人生、多样性的主题、多样性的风格、多样性的技巧和历史时隐时现的影子，构成了叶芝诗歌的伟大之处。

由于多样性，叶芝的诗歌创作，可分为三个主要阶段。

第一个阶段，从 1883 年叶芝在《都柏林大学评论》发表诗歌起，到他 1903 年结婚为止。

这一时期，叶芝的诗通常取材于爱尔兰神话和民间传说，语言风格受拉斐尔前派散文的影响。

叶芝第一个阶段创作的诗歌，主要包括：

从他 1883 年在《都柏林大学评论》上发表诗歌起，到 1899 年出版《芦苇间的风》止。

初入诗道，叶芝接受的是英国浪漫主义的传统。对他深具影响的是拉斐尔前派诗人及后继者，其中的威廉·莫里斯（William Morris）是最主要的影响者。莫里斯是叶芝的朋友，他对叶芝的影响，体现在《乌辛漫游记》里。

1893 年，叶芝出版《玫瑰之恋》，选编了布莱克的诗集。布莱克和雪莱对叶芝早期的诗歌创作产生过影响，他们在作品中表达的信念及情感使叶芝感触颇深。

1918 年，茅德·冈在圣史蒂芬格林 73 号买下了这所房子。米勒瓦去世。爱尔兰面临征兵威胁，德国 5 月密谋逮捕茅德·冈，茅德·冈被押往霍洛韦监狱，10 月底获释。"新芬党"赢得大选。叶芝在茅德·冈的家里病得很重。第一次世界大战结束。茅德·冈乔装逃往爱尔兰。

1919 年，茅德·冈为"新芬党"政府工作。凯萨琳在瑞士去世。2 月，叶芝的女儿安妮出生。伊索德与哈里·弗朗西斯·斯图尔特会面。茅德·冈在爱尔兰开展游击战。肖恩加入爱尔兰共和军。"新芬党"被宣布非法。叶芝放弃了沃伯恩的建筑物。11 月，《爱尔兰公报》出版第一期。

1920 年，第一批黑人和棕褐色人种来到爱尔兰。叶芝在美国。伊索德嫁给斯图尔特。"贝尔法斯特宗派"发生骚乱。叶芝帮助伊索德解决婚姻难题。茅德·冈在格伦马勒的家中度过了夏天。肖恩（Sean）和康斯坦斯·马凯维奇（Constance de Markiewicz）被捕。随着战争升级，茅德·冈开始开展救援工作。

1921 年，德斯蒙德·菲茨杰拉德被捕。奇德斯（Childers）接管权力。2 月，"白十字"集团形成。叶芝在牛津大学辩论社发表讲话。3 月 9 日，伊索德的孩子出生，7 月 24 日夭折。7 月，混乱休战。8 月，叶芝之子出生。12 月，条约签订。

1922 年 1 月，临时政府接管权力。4 月，反条约部队占领了四个法院。大选。6 月，茅德·冈在巴黎代表临时政府攻击四个法院。内战。柯林斯被射杀，格里菲斯突然死亡。科斯格雷夫的自由党政府成立。1923 年 11 月至次年 5 月，77 名囚犯作为报复被枪杀。茅德·冈创立保护女犯保护联盟。茅德·冈与德斯帕德夫人搬至罗巴克之家（Roebuck）。叶芝父亲去世，叶芝成为参议员。

1923 年，爱尔兰内战结束。爱尔兰自由州加入国际联盟。茅德·冈和德斯帕德夫人联合，继续抗议政府的镇压措施。肖恩在逃，活跃于爱尔兰共和军。叶芝获得诺贝尔奖。

1926 年，肖恩在逃亡中结婚。德瓦莱拉组建政党。

1927 年，肖恩接管了罗巴克果酱工厂。凯文·奥希金斯中弹，肖恩因谋杀被捕，最终获释。

1929，叶芝在拉帕洛病危。

1932 年，德瓦莱拉赢得大选。叶芝在库尔度过冬季和春季。格雷戈里夫人去世。

1935 年，叶芝患肺充血，前往马略卡岛过冬。

1936 年，叶芝病重。爱尔兰共和军被宣布非法。

1937 年，德瓦莱拉的新宪法获得批准。

1938 年，叶芝最后一次在艾比剧院公开露面。夏末，茅德·冈在里弗斯代尔（Riversdale）拜访了他。11 月下旬，叶芝前往法国南部。

1908 年，费伊兄弟从艾比辞职。茅德·冈的离婚上诉被拒。叶芝与梅布尔·迪金森开始恋爱，前往巴黎拜访茅德·冈，6 月举办神秘婚礼，与埃兹拉·庞德会面。叶芝的作品集出版。坎贝尔夫人饰演迪尔德丽。12 月，叶芝前往巴黎写《演员女王》。

1909 年，格雷戈里夫人生病。辛格去世。艾薇儿夫人生病。茅德·冈前往都柏林。茅德·冈与家人在伯内克斯，在科勒维勒过夏天；为电影插曲。叶芝与约翰·奎因发生争执，考虑从霍尼曼小姐手中买下艾比剧院。

1910 年，巴黎洪水。给都柏林学校供餐。霍尼曼小姐退出艾比剧院。5 月，叶芝访问科勒维勒。夏天，茅德·冈和家人访问梅奥，秋天给科勒维勒的学校供餐。叶芝被授予国家津贴。《凯尔特奇妙传说》与茅德·冈的插图一起出版。乔治五世继位。

1911 年，推动学校膳食运动。成立"联合艺术团"。4 月叶芝访问巴黎，茅德·冈访问意大利。茅德·冈和家人在科勒维勒度过夏天。叶芝陪同艾比剧院演员前往美国。

1912 年，茅德·冈从帕西街 13 号搬迁至潘农宫街 17 号。起草第三个自治法案（Asquith）。叶芝遇到了泰戈尔，然后留在了科勒维勒。茅德·冈为学校供餐运动前往布鲁塞尔与都柏林。茅德·冈和家人前往意大利过圣诞节。

1913 年，肖恩患麻疹。茅德·冈病情严重，肺部充血。上议院没有通过自治法案。参加"阿尔斯特志愿者组织"。茅德·冈前往达克斯，与家人在比利牛斯度过夏天。叶芝租下斯通别墅，庞德是他的秘书。茅德·冈在都柏林。都柏林罢工停厂。茅德·冈组建"公民军"和"爱尔兰志愿者"。

1914 年，叶芝在美国与奎因和解，与茅德·冈在米雷博邂逅。茅德·冈和家人在比利牛斯度过夏天。阿尔斯特志愿部队走私军火。家乡统治法案会议召开，取消阿尔斯特自治法案修正案的公约。"爱尔兰志愿者"向霍斯走私军火。《自治法案》作为《爱尔兰政府法案》（1914 年）获得通过，但由于第一次世界大战爆发而暂停。"爱尔兰志愿者"开始分裂。茅德·冈与伊索德在比利牛斯护理伤员。叶芝开始写回忆录。

1915 年 1 月至 2 月，叶芝在斯通别墅。休·莱恩在卢西塔尼亚溺水身亡。叶芝帮乔伊斯获得了一笔补助金，拒绝获得爵士头衔。茅德·冈在巴黎海滩与巴黎护理伤员。爱尔兰共和国军事委员会于 12 月由爱尔兰共和国公告的未来签署人组成，签署者随后被处决。

1916 年，叶芝在斯通别墅。茅德·冈在巴黎护理伤员。与家人在科勒维勒过复活节，在那里他们听到了复活节起义的消息。复活节起义者被处决。叶芝前往科勒维勒拜访了茅德·冈，向茅德·冈求婚，被拒绝。茅德·冈尝试返回爱尔兰。阿尔斯特工会成员同意立即实施自治，前提是阿尔斯特暂时被排除在外。"新芬党"选择共和国。战俘在圣诞节获释。

1917 年 2 月，普朗基特伯爵赢得"新芬党"第一次递补选举。叶芝购买巴利塔，夏天前往科勒维勒，向伊索德（Isult）求婚，遭到拒绝；陪同茅德·冈及其家人前往伦敦，但不允许他们前往都柏林。叶芝与乔治·海德·利斯结婚。茅德·冈乔装逃往爱尔兰。

1893 年，他出版的散文集《凯尔特的薄暮》，也属于此类风格。

第二个阶段，从 1904 年到 1925 年。

这一时期叶芝的诗"风格多样化，内容更丰富，它们有对爱尔兰社会和历史的思索，也有对第一次世界大战和爱尔兰民族独立的暴力的行动的看法"。

叶芝第二个阶段创作的诗歌，主要包括：

1904 年出版的《在七片树林里》（In the Seven Woods）；

1910 年出版的《绿盔及其他诗作》（The Green Helmet and Other Poems）；

1914 年出版的《责任》；

1919 年出版的《库尔的野天鹅》（The Wild Swan at Coole）；

1921 年出版的《迈克尔·罗巴茨与舞蹈家》（Michael Robartes and the Dancer）。

时间跨度约为 1899 年《芦苇间的风》出版之后至 1925 年《幻象》（A Vision）出版之前。

叶芝诗歌创作阶段的划分，没有截然的界限，主要以其诗歌主题、风格的变换为参照。

叶芝感到早期风格至顶，新的发展方向不明确，这时埃兹拉·庞德进入了他的生活圈，对他新风格的形成产生了很大影响。

叶芝的诗中期风格有一种新的、精微的具体性，同庞德的意象派诗有共通之处。它们更关注精神的意象、细节，表现的情感更为明确。这种变化不仅表现在内容上，也表现在措辞中，催生了一种新的、质朴无华的、具体的风格。

这一时期，叶芝用贵族的理想观点，衡量爱尔兰民族主义的革命者及爱尔兰大众，结果只有失望。

在叶芝看来，暴力、内战，并非爱国的表现，而是"黄鼠狼洞里打架"。他觉得爱尔兰民族主义运动的领导人，缺乏约翰·奥利里（John O' Leary）身上体现出来的，爱尔兰传说中古老、高贵的英雄主义气质。对爱尔兰政治的失望，使叶芝改变了他的诗风。

早期寓言般的梦想被抛弃了，诗变得更加现实、复杂、世俗化，逃往"鼠梦湖岛"已大可不必。

早期象征主义柔弱无力，必须注入新的活力。新象征主义，实际上是一种对神秘中的秩序的追求。

叶芝发展了一种神秘的历史循环论。他认为，历史的发展周而复始，一个周期完成，进入下一个周期，不断循环。

他的很多诗，就是这种历史理论的直接说明，这集中体现在他的《幻象》一书中。

第三个阶段，从 1926 年到 1939 年。

这一时期，在现代主义诗人埃兹拉·庞德等人的影响下，在参与爱尔兰民族主义政治运动的切身体验的影响下，叶芝的创作风格发生了剧烈的变化，更加趋近现代主义。

叶芝第三个阶段创作的诗歌，主要包括：

1928 年出版的《塔楼》（*The Tower*）；

1933 年出版的《旋梯》（*The Winding Stair*）；

1935 年出版的《三月的满月》（*March of the Full Moon*）；

1939 年出版的《最后的诗歌及两个剧本》（*Last Poems and Two Plays*）。

《塔楼》收集了叶芝内涵最丰富的诗，如《驶向拜占庭》、《塔楼》、《内战冥想》（*Meditations in Time of Civil War, 1922*）、《1919》、《丽达与天鹅》、《在学童中》（*Among School Children, 1926*）。

叶芝后期诗歌的风格，口语色彩浓厚，更为朴实、精确，多取材于诗人个人生活及当时社会生活中的细节，多以死亡和爱情为主题，表达明确的情感和思索。

对他而言，生活与艺术是一种冲突，随着年纪增大，年龄与欲望成为一对矛盾。

1900年，茅德·冈在美国第二次巡回演出。爱尔兰议会党联合起来。2月，爱尔兰文学剧院运营第二季。维多利亚女王访问爱尔兰。镇压"联合爱尔兰人"。茅德·冈受诽谤诉讼。发行弗兰克·休·奥唐纳的小册子。4月至5月，金色黎明协会给叶芝带来了麻烦。受到爱国儿童的款待。7月，民族主义代表团前往巴黎。10月，"爱尔兰女儿（*Inghmidhe na Hfiirean*）"与"爱尔兰人党（*Cumann na nGaedheal*）"成立。11月，约翰·麦克布莱德在巴黎。

1901年，茅德·冈在约翰·麦克布莱德的陪伴下进行第三次美国巡演；他向她求婚。"爱尔兰女儿"开始上演戏剧作品。10月，第三届爱尔兰文学戏剧季开展。叶芝看到了费斯的表演并尝试演奏索尔特琴。

1902年，茅德·冈在巴黎演讲。她的护士去世了。4月，"爱尔兰女儿"与"费伊兄弟"演出《凯瑟琳的女儿与迪尔德丽》。爱尔兰国家戏剧协会成立。茅德·冈在库尔森大道租了房子，决定嫁给约翰·麦克布莱德，参观了德弗雷恩庄园和西港镇。举办盖尔社团萨温周。随后叶芝在伦敦会见了约翰·奎因和后来的乔伊斯。

1903 年 1 月，茅德·冈在都柏林。2 月，加入天主教，与约翰·麦克布莱德结婚。爱德华七世国王访问都柏林，罗托德战役爆发。茅德·冈与海德退出国家戏剧协会。叶芝旅于美国。

1904 年，茅德·冈的儿子肖恩出生。约翰·麦克布莱德访问美国。5 月，茅德·冈和都柏林的孩子们参加肖恩的洗礼。艾比剧院首次演出。12 月，茅德·冈决定离婚。

1905 年，叶芝听说茅德·冈婚姻破裂。法律诉讼开始。爱尔兰国家剧院成为有限公司。盖尔社团萨温大会未再次选择茅德·冈为副主席。约翰·麦克布莱德对爱尔兰独立党提起诽谤诉讼。茅德·冈开始画画。威廉·夏普去世。

1906 年，约翰·麦克布莱德因诽谤诉讼定居爱尔兰。离婚裁决。8 月，茅德·冈与家人前往布尔，10 月前往都柏林。《叶芝诗集 1899—1905》首版。

1907 年，纨绔子弟发生骚乱。约翰·奥利里去世。叶芝在意大利。茅德·冈在科勒维勒（*Colleville*）度过了夏天，开始为艾拉扬（*Ella Young*）的书制作插图。邓甘嫩（*Dungannon*）俱乐部、爱尔兰人党和国家委员会现在皆成为"新芬党"。叶芝的父亲 12 月份前往纽约。

年 表

1889 年 1 月 30 日，茅德·冈与叶芝初遇。竞选计划兴起，许多农民租户的田地被收回。

1890 年，茅德·冈与米勒瓦（*Millevoye*）之子出生。叶芝加入"金色黎明秘术修道会"。帕内尔（*Parnell*）在奥谢（*O'Shea*）离婚案中受到传讯。

1891 年，叶芝向茅德·冈求婚。茅德·冈的儿子于 8 月 31 日去世。布朗格于 9 月自杀。帕内尔于 10 月去世。爱尔兰文学协会在伦敦成立。

1892 年，特赦协会成立。茅德·冈在法国演讲。国家文学学会图书馆计划启动。

1893 年，格莱斯顿的第二个自治法案被上议院否决。茅德·冈报道了波特兰监狱中的叛国罪囚犯。

1894 年，德雷·福斯被捕。叶芝在巴黎，2 月见到茅德·冈。8 月 6 日茅德·冈的女儿伊索德·岗（*Iseult Gonne*）出生。

1895 年，叶芝搬到喷泉法院。

1896 年，詹姆斯·康诺利来到爱尔兰。2 月，叶芝搬到沃伯恩大楼，开始与奥利维亚·莎士比亚交往；遇见马丁、格雷戈里夫人、摩尔。12 月在巴黎与辛格会面，帮助茅德·冈组建巴黎青年爱尔兰协会。

1897 年，茅德·冈创办自由爱尔兰杂志（*L'Irlande Libre*）。女王钻禧游行。叶芝首次长居库尔。

1898 年，叶芝参加 1898 年新年的庆祝活动。西方饥荒。爱尔兰联合联盟成立。通过地方政府法案。十二月举行神秘婚礼。叶芝开始写愿景笔记。

1899 年，叶芝访问巴黎，向茅德·冈求婚。《凯瑟琳女伯爵》上演。茅德·冈在梅奥郡，被农民租户驱逐迫迁。爱尔兰人报（*United Irishman*）开始出版。10 月，第二次布尔战争爆发。爱尔兰旅组建，参加爱尔兰特兰斯瓦尔委员会，参加反征兵运动。张伯伦访问都柏林。

在《驶向拜占庭》一诗中，叶芝表达了他在年华老去后，希望通过艺术追求不朽。老人拒绝年轻人的感官世界，表明渴望摆脱肉体束缚，追求永恒艺术世界。

在《在学童中》里，他谈到了时间与人生的问题。

《丽达与天鹅》，使他回到《幻象》这一历史循环的主题上。

《旋梯》包括了很多优秀的哲理诗，如《自我与灵魂的对话》（*A Dialogue of Self and Soul*）。也有回忆过去和抒发对朋友的怀念的诗。

叶芝在《库尔庄园与巴利里》（*Coole Park and Ballylee, 1931*）中，谈到自己与格雷戈里夫人的友谊与他们的文学功绩：

我们是最后的浪漫主义者，选择了
传统的神圣与美好为主题。

"最后"，意味着一个历史时期的结束，在文学史中叶芝为自己提前找到了位置。

《三月的满月》，包括了一组被称为"超自然的歌"的文学诗，语言简朴，浓缩了叶芝的思想。在《人的四个年龄阶段》一诗中，体现了幻想中的思想，反映了对人类文明的思考。

叶芝的理论成就主要表现在《诗的象征》（*Symbol of poetry*）一文中，但他并不是一个理论家。

《幻象》中的思想不是什么完整的理论，仅是个人色彩很浓厚的一种价值观念。

叶芝的成就，在于他多样性的诗。丰富的题材与想象，娴熟的技巧，是吸引读者的重要原因。

可以说，叶芝统治了 19、20 世纪交替时期的爱尔兰诗坛。

本书在完整翻译叶芝早期代表作《玫瑰之恋》的前提下，又精选译迻了叶芝不同时期的代表作。

五

"神秘主义"一词，是从拉丁文 "*occultism*" 中派生的，意为"隐藏"或"隐蔽"，基本含义指能使人获得更高的精神或心灵之力的各种教义和宗教仪式。神秘主义包括诸多理论和实践，如玄想、巫术、瑜伽、唯灵论、数灵论、星占学、炼金术、"魔杖"探寻、自然魔术、自由手工匠等。

叶芝一生都对神秘主义和唯灵论，有着浓厚的兴趣。

1885 年，叶芝和朋友创立了"都柏林秘术兄弟会"（*Dublin Hermetic Order*）。6 月 16 日召开第一次集会，叶芝是领袖。同年，都柏林的"神智学会馆"（*Theosophical Society*）在通灵法师婆罗门·摩西尼·莎特里（*Roman Mosini Satri*）的组织下正式开放，叶芝次年参加了第一次降神会。之后，叶芝沉迷于炼金术、通神论。

1890 年，他加入"金色黎明秘术修道会"（*Hermetic Order of the Golden Dawn*），1900 年成为该会的领袖。

叶芝结婚后，夫妇二人曾尝试过风靡一时的无意识写作。

在《丽达与天鹅》这首名诗里，叶芝的神秘主义倾向体现得尤为明显。诗从希腊神话中取材，讲述宙斯幻化成天鹅与美女丽达结合，生下两个女儿的故事。一女是著名的海伦（*Helen*），引发了特洛伊战争；一女是克吕泰涅斯特拉（*Clytemnestra*），是希腊军队统率阿伽门农的妻子。

这一母题，在西方文学艺术作品中反复出现。

对于叶芝创作这首诗的初衷，西方评论界有过各种不同的诠释、解读，有的认为是"历史变化的根源，在于性爱和战争"，有的认为是"历史，是人类的创造力和破坏力共同作用的结果"。

西方主流的文学史，将《丽达与天鹅》作为象征主义诗歌里程碑式的作品。

在叶芝的神秘主义思想形成的过程中，凯瑟琳·泰楠（*Catherine Tynan*）对他的影响很大。泰楠是才华横溢的女诗人，叶芝早年和她过从甚密。在泰楠的影响下，叶芝频繁参加各类神秘主义组织的活动。泰楠一生仰慕叶芝的才华，叶芝却逐渐疏远她。

叶芝的神秘主义倾向，受印度宗教的影响显著。他晚年亲自将印度教的《奥义书》译成英文 "*Upanishads*"。

通灵学说、超自然的冥思，成为叶芝晚期诗歌创作的灵感来源。

一些批评家抨击叶芝诗作中的神秘主义倾向，认为其缺乏严谨性和可信度。

美国诗人威斯坦·休·奥登（*Wystan Hugh Auden*）[8] 尖锐地批评晚年的叶芝，认为他是"一个被巫术和印度的胡言乱语侵占了大脑的、可叹的、成年人的展览品"。

正是在这一时期，叶芝写出了他一生中很多不朽的作品。

Riversdale late summer. WBY leaves for South of France late November.

1939 WBY dies 28 January and is buried at Roquebrune in France. Second World War declared.

1946 Clann na Poblachta founded.

1948 De Valera loses general election, new inter-party government formed. Republic of Ireland leaves the Commonwealth. WBY's body reinterred in Drumcliffe churchyard, Sligo.

1953 MG dies.

1918 MG buys house at 73 St Stephen's Green. Millevoye dies. Conscription threatened in Ireland, German Plot arrests May, MG in Holloway Prison, released end October. Sinn Fein wins general election. George (as Georgie now known) Yeats seriously ill in MG's house. First World War ends. MG escapes to Ireland in disguise.

1919 MG working for Sinn Fein government. Kathleen dies in Switzerland. WBY's， daughter Anne born February. Iseult meets Harry Francis Stuart. Guerrilla warfare in Ireland. Sean joins IRA. Sinn Fein Dail declared illegal. WBY gives up Woburn Buildings. First number of Irish Bulletin November.

1920 First Black and Tans arrive. WBY in USA. Iseult marries Stuart. Sectarian riots in Belfast. WBY helps to resolve difficulties of Iseult's marriage. MG spends summer in her house in Glenmalure. Sean and Constance de Markiewicz arrested. MG begins relief work as war escalates.

1921 Desmond Fitzgerald arrested. Childers takes over the Bulletin. White Cross formed February. WBY speaks to the Oxford Union. Iseult's baby born 9 March, dies 24 July. Truce July. WBY's son born August. Treaty signed December.

1922 Provisional government takes over January. Anti-treaty forces seize Four Courts April. General election. MG in Paris (16 June) for Provisional government when it attacks Four Courts. Civil War. Collins shot and Griffith dies suddenly. Cosgrave's Free State government. November-May 1923 77 prisoners shot as reprisals. MG forms Women's Prisoners' Defence League. MG and Mrs Despard move to Roebuck House. WBY's father dies and WBY becomes a senator.

1923 Civil War ends. Irish Free State enters League of Nations. MG and Mrs Despard form industries, continue protests against government's repressive measures. Sean on the run and active in IRA. WBY wins Nobel Prize.

1926 Sean marries while on the run. De Valera forms political party. 1927 Sean takes over Roebuck Jam. Kevin O'Higgins shot, Sean arrested for his murder, finally released. 1929 WBY dangerously ill in Rapallo.

1932 De Valera wins general election. WBY spends winter and spring at Coole. Lady Gregory dies.

1935 WBY has congestion of the lungs, goes to Majorca for winter. 1936 WBY seriously ill. IRA declared illegal.

1937 De Valera's new constitution approved.

1938 WBY's last public appearance at Abbey. MG visits him at

理解叶芝晚年诗作的奥妙，须了解他在 1925 年出版的《灵视》（*Spirit Vision*）一书的神秘主义思维体系。阅读这本书，可以理解叶芝后期的诗作，它不仅仅 是一本宗教或哲学的著作。

1913 年，在伦敦，叶芝结识了年轻的美国诗人埃兹拉·庞德。庞德到伦敦的部分原因，就是为了结识这位比他年长的诗人。他认为叶芝是"唯一一位值得认真研究的诗人"。

1913 年至 1916 年，每年冬天，叶芝和庞德都在亚士顿森林（*Ashdown Forest*）的乡间别墅中度过。

庞德担任叶芝名义上的助手。在庞德未经叶芝的允许擅自修改他的诗作，并发表在《诗》杂志上后，两位诗人的关系开始恶化。庞德对叶芝诗作的修改主要体现出他对维多利亚式的诗歌韵律的憎恶。很快，两位诗人开始怀念双方共事、互相学习的日子。尤其是庞德从寡妇欧内斯特·费诺罗萨（*Ernest Fenollosa*）那里，学到日本能乐的知识，为叶芝即将创作的贵族风格的剧作提供了灵感。叶芝创作的第一部模仿了日本能乐的剧作是《鹰之井畔》（*At the Hawk's Well*）。

1916 年 1 月，他将这部作品的第一稿献给了庞德。

现代主义对叶芝诗作风格的影响，主要体现在随着时间的推移，叶芝逐渐放弃早期作品中传统诗歌样式的写作，语言风格越来越冷峻，直接切入主题。这种风格上的转变，主要体现在他的中期创作中，包括作品集《在七片树林里》《责任》《绿盔及其他诗作》。

1923 年，叶芝荣获诺贝尔文学奖，由瑞典国王亲自颁奖。他在两年之后发表了短诗《瑞典之丰饶》（*The Rich Young Man's Prayer*），表达感激之情。

1925 年，叶芝出版了一本呕心沥血的神秘学著作《灵视》。他推举柏拉图、布列塔诺及几位现代哲学家的观点，以证实自己的占星学、神秘主义及历史理论。

雪莱的诗，对叶芝产生了很大影响。叶芝在一篇关于雪莱的文章中写道："我重读了《解放了的普罗米修斯》（*Prometheus Unbound*），在世上所有的伟大著作之中，它在我心里的地位比我预想的要高得多。"

叶芝早期，还受到爱尔兰著名的芬尼亚组织（*Fenian*）领袖约翰·奥里亚雷的影响。

叶芝晚年时说，奥里亚雷是他所见的"最风流倜傥的老人"。"与奥里亚雷的谈话及他借我或送我的爱尔兰书籍，成就了我一生的志业。"

在奥里亚雷的介绍下，叶芝认识了道格拉斯·海德和约翰·泰勒（*John Tyler*）。

1893 年，奥里亚雷成立盖尔语联盟（*Gaelic League*），致力于保存、推广爱尔兰语言。

在叶芝的眼里，生命是一个过程，如诗。年少时，生命如枝叶婆娑的绿树，在夏日的风中欢快歌唱，快乐，但缺乏思想的沉淀；年老了，生命的枝叶繁华落尽，根与大地相连。这种对生命的认识，只有在生命最后才能领悟。

叶芝对爱情终生追索。

"只有一个人爱你朝圣的灵魂，爱你哀戚的脸上岁月的伤痕"，这是叶芝《当你老了》里最为有名的诗句。这是他流传最广的诗，表达了对女演员茅德·冈一生不懈的追求。

早期的叶芝，对缪斯充满着无限的向往，常常抒发爱情的不幸。

他写道：

"亲爱的，但愿我们是浪花上的白鸟！
我们厌倦了流星的火焰，在它消失和陨落之前；
黄昏的蓝星的幽光低垂在天空的边缘，
唤醒了我们的心，我的爱人，一缕不会消逝的悲伤。

"疲惫来自那些梦想家，露珠，百合花和玫瑰；
呵，不要梦见他们，我的爱人，流星的火焰，
或许那是蓝星的幽光在露珠的坠落中低垂：
因为我希望我们成为浪花上的白鸟：我和你！

"我被无数的岛屿和许多达纳的海岸所困扰，
时间一定会忘记我们，悲伤不再靠近我们；
我们很快就会远离玫瑰和百合花，远离火焰的烦躁，
我亲爱的，只要我们是出没在浪花上的白鸟！"

他的诗从早期的自然抒写，到晚年的沉思凝练，完成了思想、艺术的修炼。

如他在获诺贝尔文学奖时的感言："现在我已苍老，疾病缠身，形体不值一顾，但我的缪斯却因此而年轻。"

在他看来，自己除了太阳一无所有。然而他没有逃避现实，也不安于现实。他深知，只有把针扎在肉里，穿针引线，血泪迷蒙，才能走到上帝面前。

在《驶向拜占庭》里，叶芝剖析自己：

"衰颓的老人不过是件微不足道的废物，
一件披在拐杖上的破烂外套，除非
灵魂为之拍手作歌，大声歌唱
它皮囊的每一个裂绽，
可是所有教唱的学校，仅只有
研究自家纪念碑上记载的壮丽，
因此，我就远渡重洋，来到这里
拜占庭的圣城。"

1910 Paris floods. Dublin school feeding. Miss Horniman withdraws from Abbey. WBY visits Colleville May. MG and family visit Mayo in summer; Colleville and school feeding in the autumn. WBY granted Civil List pension. Celtic Wonder Tales published with MG's illustrations. Accession of George V.

1911 School meals campaign. United Arts Club. WBY visits Paris while MG is in Italy April. MG and family at Colleville for summer. WBY accompanies Abbey Players to USA.

1912 MG moves from 13 Rue de Passy to 17 Rue de PAnnonciation. 3rd Home Rule Bill (Asquith). WBY meets Tagore, then stays in Colleville. MG goes to Brussels and Dublin on school meals campaign. MG and family go to Italy for Christmas.

1913 Sean has measles. MG very ill with congestion of the lungs. Home Rule Bill does not pass Lords. Ulster Volunteers organised. MG goes to Dax and with family spends summer in Pyrenees. WBY rents Stone Cottage with Pound as his secretary. MG in Dublin. Strike and lockout. Formation of Citizen Army and Irish Volunteers.

1914 WBY in USA, is reconciled with Quinn, with MG investigates miracle at Mirebeau. MG and family in Pyrenees for summer. Ulster Volunteer Force gun-running. Convention on amendment to Home Rule Bill for exclusion of Ulster. Irish Volunteers gunrunning at Howth. Home Rule Bill passed as government of Ireland Act (1914) but suspended because of outbreak of First World War. Beginning of Irish Volunteer split. MG and Iseult nursing the wounded in Pyrenees. WBY begins his memoirs.

1915 WBY in Stone Cottage January-February. Hugh Lane drowned in Lusitania. WBY gets a grant for Joyce, refuses a knighthood. MG nurses in Paris-Plage and Paris; she hears strange prophetic music. Military Council of IRB formed in December by future signatories of Proclamation of the Irish Republic who are subsequently executed.

1916 WBY at Stone Cottage. MG nursing in Paris. Family spend Easter at Colleville where they hear of the Rising. Executions. WBY visits MG at Colleville, he proposes, she refuses. MG begins trying to get back to Ireland. Ulster Unionists agree to immediate implementation of Home Rule provided Ulster is temporarily excluded. Sinn Fein opts for a republic. Internees released for Christmas.

1917 Count Plunkett wins first Sinn Fein by-election February. WBY buys Ballylee; visits Colleville in summer, proposes to Iseult, is refused; accompanies MG and family to London, where they are not allowed to proceed to Dublin. WBY marries Georgie Hyde Lees. MG escapes to Ireland in disguise.

action. Frank Hugh O'Donnell's pamphlets. WBY's trouble with Golden Dawn and Mathers April to May. Patriotic Children's Treat. Nationalist delegation to Paris in July. Founding of Inghmidhe na hfiireann and Cumann na nGaedheal October. John MacBride in Paris November.

1901 MG's 3rd tour in USA with MacBride; he proposes to her. Inghmidhe theatrical productions. 3rd Irish Literary Theatre season October. WBY sees Fays act and experiments with psaltery.

1902 MG's lectures in Paris. Her nurse dies. Inghmidhe na hfeireann and Fays perform Cathieen ni Houlihan and Deirdre April. Irish National Theatre Society formed. MG rents house in Coulson Ave, decides to marry John MacBride, visits de Freyne estate and Westport. Cumann na nGaedheal Samhain week. WBY meets John Quinn and later Joyce in London.

1903 MG in Dublin January. Received into Catholic Church and marries John MacBride February. Spain and Normandy. King Edward VII visits Dublin, Battle of Rotunda. MG and Hyde withdraw from National Theatre Society. WBY's tour of USA.

1904 MG's son Sean born. John MacBride visits USA. MG and children in Dublin for Sean's baptism May. First productions in the Abbey Theatre. MG decides to seek separation December.

1905 WBY hears of break-up of MG's marriage. Legal proceedings commence. Irish National Theatre becomes limited company. Cumann na Ngaedheal Samhain convention does not re-elect MG vicepresident. John MacBride takes libel action against the Irish Independent. MG starts painting. Death of William Sharp.

1906 John MacBride's libel action fixes his domicile in Ireland. Divorce verdict. MG and family go to Bourboule August, MG in Dublin October. WBY's Poems 1899-1905

1907 Playboy riots. Death of John O' Leary. WBY in Italy. MG spends summer in Colleville and begins work on illustrations for Ella Young's books. Dungannon clubs, Cumann na nGaedheal and National Council are now Sinn Fein. WBY's father leaves for New York December.

1908 Fays resign from Abbey. MG's appeal refuses divorce. WBY begins affair with Mabel Dickinson, visits MG in Paris, mystical marriage June, meets Ezra Pound. WBY's Collected Works published. Mrs Campbell in Deirdre. WBY goes to Paris to work on The Player Queen December.

1909 Lady Gregory ill. Synge dies. Madame Avril ill. MG goes to Dublin. MG and family at Bernex; Colleville for the summer; episode of moving picture. WBY quarrels with John Quinn, considers buying Abbey from Miss Horniman.

为了追求真理，他对自己冷酷无情，勇于暴露自己人性中的弱点。

在叶芝的身上，可以看到但丁的《神曲》、莎士比亚的《哈姆雷特》、歌德的《浮士德》里表现出来的，为追求真理，毕生不懈的努力。

叶芝最终没有达到那些伟大诗人的高度。

威斯坦·休·奥登在《悼念叶芝》中说："叶芝辛勤耕耘着诗歌，把诅咒变成了葡萄园。"

奥匈帝国作家弗兰兹·卡夫卡（Franz Kafka）[9]说："每个人都必须从自己内心一次又一次地生产真理，否则他就会枯萎。叶芝以毕生，追求真理，即使那不是终极真理，但他至少做到无悔一生。"

叶芝作为后期象征主义的代表，作品的现代性颇具争议。通过分析叶芝作品的浪漫主义抒情传统，结合象征主义的发展和面具理论的应用，可看到叶芝不断追求自我创新的现代性。

叶芝象征主义的发展，体现了其从浪漫主义到现代主义的过渡。叶芝的浪漫主义传统和现代性对立统一，浪漫主义抒情是他的本质，象征主义的发展和面具理论的应用体现了他不断自我否定和创新的精神。

某些批评家因叶芝作品中缺乏城市印象，而否认其现代性。实际上，这是对现代主义本质的误解。从象征主义的观点看，无论是城市，还是叶芝笔下的爱尔兰斯莱戈乡村，仅仅是内在情感的客观对应物，是一种对资本主义社会矛盾和人的异化危机的逃避和反抗。

叶芝的这种独特性，使他的诗在以艾略特为代表的"反抒情"现代诗歌中显得出类拔萃、卓尔不群，在后现代主义接过现代主义的旗帜之后，仍保持着旺盛的生命力。

Chronology

●

●

六

凯尔特文艺复兴起源于威尔士和苏格兰。苏格兰诗人詹姆斯·麦克菲森（James McPherson）"翻译"的古代盖尔语诗歌以及古代武士故事，开创了 18 世纪 60 年代崇尚古代凯尔特文化的新时期。他的《莪相作品集》把民间传统和历史融为一体，继承发扬了凯尔特文学传统，促进了爱尔兰民族和地方文学的发展。

英爱文学从 17 世纪开始形成，它和凯尔特、苏格兰以及欧洲文学都有许多共同点，但也有着自己独特的文学传统。

"英爱"这个词，在政治上指居住在爱尔兰、信奉新教的新兴特权阶层（Protestant Ascendency）或世袭的英国殖民者的后裔。

他们从 17 世纪的博因河战役（Battle of the Boyne, 1690）到 19 世纪中叶，一直控制着爱尔兰。

"英爱"这个词在文学上的含意比较广泛，指的是用英语创作的爱尔兰文学作品，包括这些殖民者后裔作家的作品，也包括不信奉英国国教（Anglican Church），又不是英国殖民者后裔的其他作家的作品。

英爱文学的形成，大致上可分为以下三个主要阶段。

殖民地文学阶段（从 17 世纪后期开始到 19 世纪初）。

从 17 世纪后期开始，出生在爱尔兰用英语写作的作家不断出现。他们与信奉天主教的居民不同，大部分是信奉新教的英国殖民者的后裔。

他们移居英国，把伦敦看作他们的文化中心，作品从语言到主题都与英国作家的相似。但这些作家兼有两种文化传统，和英国作家有区别。他们的文学作品可汇入英国经典的主流，在英国文坛上占据了十分重要的地位，对英爱文学的发展产生了很大影响。

如乔纳森·斯威夫特（Jonathan Swift），他是 18 世纪英国著名文学家，是整个英语文学中最犀利的爱尔兰讽刺文学大师、小说家、政治家，被称为英国世纪杰出的政论家，被高尔基誉为"世界伟大文学创造者"。

乔纳森·斯威夫特是英国启蒙运动中激进民主派的创始人，在世期间写了很多具有代表性的讽刺文章。

他出生于爱尔兰首都都柏林的一个贫困家庭，父亲是定居爱尔兰的英格兰人，早在他出生前 7 个月就已去世。他由叔父抚养长大，6 岁上学，在基尔凯尼学校读了 8 年。

1682 年，他就读于著名的都柏林大学三一学院（University of Dublin, Trinity College，以天主教的"三位一体"命名）。除了对历史和诗歌感兴趣外，别的他一概不喜欢，还是在学校的"特别通融"下才拿到学士学位。之后，他在三一学院继续读硕士，一直到 1686 年。

1688 年，爱尔兰面临英侵，斯威夫特前往英国寻找出路，做了穆尔庄园主人威廉·邓波尔爵士的私人秘书，直到 1699 年邓波尔去世。在担任秘书期间，他阅读了大量古典文学名著。

1889 MG and WBY meet 30 January. Plan of Campaign active, many evictions.

1890 MG's son by Millevoye born. WBY initiated into Golden Dawn. Parnell cited in O'Shea divorce case.

1891 WBY proposes to MG. Her son dies 31 August. Boulanger commits suicide September. Parnell dies October. Irish Literary Society formed in London.

1892 Amnesty Associations formed. MG lectures in France. National Literary Society libraries scheme commenced.

1893 Gladstone's 2nd Home Rule Bill rejected by Lords. MG's account of Treason Felony prisoners in Portland Prison.

1894 Dreyfus arrested. WBY in Paris, sees MG February. Iseult Gonne, MG's daughter by Millevoye, born 6 August.

1895 WBY moves to Fountain Court, considers affair with Olivia Shakespear.

1896 Shan Van Vocht starts publication. James Connolly comes to Ireland. WBY moves to Woburn Buildings and starts affair with Olivia Shakespear February; meets Martyn, Lady Gregory and Moore; meets Synge in Paris December and helps MG to form Paris Young Ireland Society.

1897 MG starts L'Irlande Libre. Jubilee demonstrations. WBY's first long stay at Coole. '98 preparations commence. MG goes to USA.

1898 '98 celebrations under way. Famine in the west. United Ireland League founded. Local government Act. Mystical marriage December. Visions Notebook commenced.

1899 WBY visits Paris, proposes to MG. First production of Irish Literary Theatre, The Countess Cathleen. MG in Mayo, evictions. Shan Van Vocht ceases and United Irishman commences publication March. Boer War October. Formation of Irish Brigade, Irish Transvaal Committee, anti-enlistment campaign. Visit of Chamberlain to Dublin.

1900 MG's 2nd tour in USA. Dr Leyds episode. Irish Parliamentary Party unites. 2nd season of Irish Literary Theatre February. Queen Victoria's visit. Suppression of United Irishman. MG's libel

领奖词

威廉·巴特勒·叶芝

在我的创作生涯中，我对斯堪的纳维亚民族总是满怀感激之情。年轻时，我就与友人合作，花了多年时间，撰写了一部阐释英国诗人布莱克的哲学著作。布莱克最初是贵国斯韦登伯格的信徒，经过激烈的反叛，最终还是回归他最初的信奉。我和我的友人不得不屡次求教斯韦登伯格的著作，对布莱克的某些晦涩段落做出解释，因为他的著述神秘晦涩，总是倾向于夸张、晦涩、似是而非的。然而，布莱克对英国之后这四十年来富有想象力的思想的影响，与柯尔律治对其身后四十年的影响一样巨大。在诗歌和绘画的理论中，布莱克始终是斯韦登伯格的阐释者或叛逆者。近年来，出于对斯韦登伯格的兴趣，我已开始研究他的著作了。当我应邀访问斯德哥尔摩时，正是从他的传记中找到了我所需要的资料。此外，如果没有易卜生和比昂松的影响，我们爱尔兰的戏剧是不会诞生的，你们此刻也不会把这一巨大的荣誉授予我。三十年来，一些爱尔兰作家在各种团体中聚会，开始无情地批判本国的文学，把爱尔兰文学从狭隘的地方主义中解放了出来，从而使其赢得了欧洲的承认。我今天获得的殊荣正是他们的理想。这些作家，对我助益匪浅，后来参加我们运动的作家，对我助益更大。当我回到爱尔兰，这些现在和我一样年迈的男女作家，将从这个巨大的荣誉中看到梦想的实现。我内心深知，要是他们不存在的话，我今天所得到的荣誉将会失去光彩。

注

1,

此文是 1923 年 12 月 10 日叶芝在诺贝尔文学奖颁奖典礼上发表的答谢词。

1699 年，斯威夫特回到爱尔兰，在都柏林附近的一个教区担任牧师。由于为教会中的事务常去伦敦，他被卷入了伦敦的辉格党与托利党之间的斗争，并受到托利党首领的器重，担任该党《考察报》主编。

1714 年托利党失势，他回到爱尔兰，任都柏林圣帕特里克教堂主持牧师，着手研究爱尔兰现状，积极支持、投入争取爱尔兰独立自由的斗争，但梦想最后都破灭了。

在黑暗的社会环境中，他写下了很多讽刺小说，著名的代表作品有寓言小说《格列佛游记》（*Gulliver's Travels, 1726*）、《一只桶的故事》（*A Tale of a Tub, 1704*）、《书的战争》（*The Battle of the Books, 1704*）等，皆闻名于世。用大量的政论和讽刺诗以抨击英国殖民主义政策，受到读者热烈欢迎。

晚年的斯威夫特内心孤独，只限于和屈指可数的几个朋友交往。他将自己积蓄的三分之一用于慈善事业，另三分之一的收入为智力障碍者盖了一所圣帕特里克医院。

在回到爱尔兰后，晚年的他继续为爱尔兰人民仗义执言。在《布商的信札》（*The Drapier's Letters, 1727*）中，他揭穿了英国投机商伍德的阴谋。他的《一个温和的建议》（*A Modest Proposal, 1729*）以献策为名，揭露了爱尔兰上层人物压榨平民百姓的事实。这篇具有深刻讽刺意味的文章已成为英国文学的经典，至今仍为人们所传诵。

晚年的斯威夫特被疾病折磨得不成样子，但是，他一直坚持写作，直到逝世，许多人甚至认为他已完全疯了。

1745 年 10 月 19 日，斯威夫特辞世，终年 78 岁，葬于圣帕特里克大教堂（*St. Patrick's Cathedral*）。

此外，英国剧作家威廉·康格里夫（*William Congreve*）是英王朝复辟时期（1660—1688）最出色的风尚喜剧作家之一，他突破了当时戏剧矫揉造作、把宫廷生活理想化的框架，以客观、轻松愉快、幽默讽刺的手法，揭示了宫廷生活的腐败。

康格里夫出生于利兹（*Leeds*）附近，父亲是英国在爱尔兰驻军中的一名军官。康格里夫求学于基尔肯尼学校（*Kilkenny College*）和都柏林大学三一学院，与乔纳森·斯威夫特是同学，二人终生保持友好关系。

1691 年，他去伦敦学习法律，但因长期以来热爱写作，很快就放弃了学业。

1692 年，他出版了几年前就已完成的小说《隐姓埋名》（*Incognita*）。

1693 年，他在当时文人聚会的威尔咖啡馆结识了约翰·德莱顿（*John Dryden*）。在德莱顿的赞助下，他写了第一部剧本《老光棍》（*The Old Bachelor, 1693*）并在伦敦上演，受到称赞。

1694 年，他的第二部剧本《两面派》（*The Double Dealer*）问世，德莱顿写诗对其加以赞扬，认为康格里夫胜过本·琼森和弗莱彻，足以和莎士比亚媲美。但这部戏既不叫好，也不叫座。

1695 年，康格里夫的名剧《以爱还爱》（*Love for Love*）上演，轰动伦敦舞台。

1697 年，他的悲剧作品《悼亡的新娘》（*The Mourning Bride*）上演，也大受欢迎。

1700 年，这部康格里夫自己及后来的评论家皆认为是杰作的戏剧《如此世道》（*The Way of the World*）问世，但在当时好评寥寥。康格里夫因此灰心丧气，以至于后来基本没写什么作品。

但他作为作家的声名犹存，晚年时经常和斯威夫特、亚历山大·波普（*Alexander Pope*）、理查德·斯梯尔（*Richard Steele*）等文学家来往。波普把自己翻译的荷马史诗《伊利亚特》（*Ilias*）献给康格里夫，法国作家伏尔泰来英国访问时也拜会了他。

他逝世后被葬在了威斯敏斯特教堂（*Westminster Abbey*），与其他受尊崇的英国作家为伴。

与约瑟夫·艾迪生 (*Joseph Addison*) 齐名的是散文家理查德·斯梯尔，他们幼年一同在卡特公学（*Charterhouse*）就读，又同时进入牛津大学。但斯梯尔中途辍学，自愿担任军职。

1700 年左右，他开始了笔墨生涯，写了宗教论文《基督教徒的英雄》（*The Christian Hero*），接着又写了几个喜剧。他以描写习俗的小品文成了英国启蒙主义时期（从光荣革命到 18 世纪 30 年代）新的散文文学中崛起的一支新军。真正使他在文学界取得地位的是他的小品文。

1708 年，他创办了著名的《闲话报》（*The Tatler*），后来又与艾迪生合办杂志《旁观者》（*The Spectator*）。在政治见解上，斯梯尔与艾迪生一样，都是倾向于辉格党的。

理查德·布林斯利·谢里丹（*Sheridan, Richard Brinsley*）是英国杰出的社会风俗喜剧作家，重要的政治家、演说家，是英国社会风俗喜剧史上连接康格里夫和奥斯卡·王尔德（*Oscar Wilde*）之间的纽带。

谢里丹与哥尔斯密一样是爱尔兰人，爱尔兰人特有的机智和风采在他身上得到了充分体现。他是当时最著名的雄辩家之一。他在文学上的建树主要表现在戏剧方面。

1773 年，他以现实主义戏剧，出现在启蒙主义后期的戏剧舞台上。从第一部剧本上演到 1779 年，他共写了七个剧本，包括《对手》（*The Rivals, 1775*）、《圣·帕特里克节》（*St. Patrick's Day, 1775*）、《多维娜》（*The Duenna, 1775*）、《造谣学校》（*The School for Scandal, 1777*）、《斯卡巴勒之行》（*A Trip to Scarborough, 1777*）、《批评家》（*The Critic, 1779*）、《比扎罗》（*Pizarro, 1779*）。

1780 年以后，他主要从事政治活动，崇尚自由和民主。拜伦对他的戏剧和演说都十分推崇。

注

1,

此文是 1923 年 12 月 10 日，瑞典文学院诺贝尔委员会主席佩尔·哈尔斯特伦在叶芝获诺贝尔文学奖颁奖典礼上发表的讲话。

然而，最引人入胜的是他的《心愿之地》（1894 年）中的艺术，这部作品有着童话诗的所有魔力和春天的全部清新，旋律清晰而梦幻。从戏剧角度看，这部作品也是他非常优秀的作品；如果不是他还写了一部小散文剧《凯瑟琳·尼·胡利汉》（1902 年），这部剧可能被称为他的诗歌之花。《凯瑟琳·尼·胡利汉》既是他最简单的民间戏剧，也是他最经典的完美作品。

他在这部剧中比在其他任何地方都更有力地触动了爱国的心弦。该剧的主题是爱尔兰历代争取自由的斗争，主要人物是爱尔兰自己，由一个流浪乞讨妇女扮演。但我们听到的绝不是简单的仇恨的声音，这首诗深刻的悲情比任何其他类似的诗都要克制，我们只能感受到这个国家最纯洁、最高尚的情感。对白言简意赅，行动尽可能简单。这一切都是伟大的，丝毫不矫揉造作。这个主题，在梦中来到叶芝面前，保留着它作为上天恩赐的虚幻表征——这一概念在叶芝的美学哲学中并不陌生。

关于叶芝的作品，我们可以说得更多，但只要提到他近年来的戏剧创作所遵循的方式就足够了。它们往往凭借其奇特而不寻常的材料而浪漫，但通常追求经典的简洁形式。这种古典主义已逐渐发展为大胆的拟古主义，诗人试图达到所有戏剧艺术开始时的原始可塑性。他对把自己从现代舞台上解放出来的任务进行了深入而敏锐的思考，舞台上的风景扰乱了想象中的画面，舞台上的戏剧特征必然被脚灯夸大，观众也要求看到现实的幻影。叶芝希望把诗人的想象带到诗中，他通过模仿希腊和日本的模式实现了这一愿景。因此，他重新使用了面具，并在简单音乐的伴奏下为演员的动作找到了很好的伸缩余地。

这些经过简化和风格严格统一的作品的主题仍然是爱尔兰英雄传说。这些剧作在高度压缩的对话和深沉抒情的合唱中获得了引人入胜的效果，即使对普通读者来说也是如此。然而，所有这一切都处于增长期，目前尚不可能判断所做出的牺牲是否换得了所取得的一切成就。这些作品虽然本身非常值得注意，但在流行上可能会比之前的作品更困难。

在这些戏剧中，以及在他最清晰、最优美的歌词中，叶芝取得了其他诗人难以取得的成就：他成功地保持了与人民的联系，同时又坚持了最贵族化的艺术风格。他的诗作是在一个充满危险的纯艺术环境中产生的；但是，在不放弃其审美信仰的前提下，他以理想为目标的燃烧和探索的个性，使他摆脱了审美的空虚。他能够遵循早期促使着他为自己国家做诠释的精神，这个国家长期以来一直等待有人为它发声。用"伟大"来概括叶芝如此一生的工作，并不过分。

理查德·谢里丹的父亲托马斯·谢里丹是演员，也是作家。谢里丹毕业于哈罗公学。

1773 年，他陪同伊丽莎白·安·林莉到达法国以后，同纠缠她的马松少校进行了两次决斗。回去后，他们立即结婚。

1775 年，他创造出了著名的喜剧作品《对手》。该剧在科文特加登剧院上演时，他年仅 24 岁。同年他的戏剧作品《圣·帕特里克节》和《多维娜》也陆续开始在舞台上演。

1776 年，他获得德鲁瑞街剧院的股份。1777 年，他在该剧团创作完成了《斯卡巴勒之行》和《造谣学校》。

1779 年，他又创作完成著名闹剧《批评家》，写下了著名闹剧《比扎罗》。

他凭借着这些作品，成为当之无愧的著名英语喜剧作家。他笔下的鲍勃·阿卡斯、马拉普洛普夫人、彼得先生、梯泽尔女士、弗雷特·普莱吉瑞先生，皆成为英国喜剧中的有名人物。这些人物充分体现了谢里丹在戏剧人物创作方面的技巧，展示了他驾驭语言的娴熟技巧及对话用语风趣、语言灵活的特点。

1794年，他开办了完全属于自己的新剧院，剧院于 1809 年毁于一场火灾。

1780 年，作为查尔斯·詹姆士·福克斯（*Charles James Fox*）的支持者，他重新当选为议员。从那以后，他开始致力于公共事务。

1787 年，他发表了反对华伦·西斯廷的奥德指控案的著名演讲，1788 年作为主控诉人再次发表了精彩的演讲。

1806 年至 1807 年，他在海军部担任财务，是该部不可多得的骨干。

1813 年，谢里丹因债务问题遭逮捕，晚年长期遭受脑病的折磨。

1816 年 7 月 7 日，谢里丹去世，人们在威斯敏斯特教堂为他举行了盛大的葬礼。

他的孙女卡罗琳·诺顿夫人也是一名著名作家。

19 世纪初，民族独立斗争高涨。文学上，讴歌爱国领袖及讽刺英国殖民当局的政治歌谣盛行。

英国诗人托马斯·格雷（*Thomas Gray*）写了《吟诵诗人》（*The Bard, 1757*），苏格兰诗人罗伯特·彭斯（*Robert Burns*）写了《佃农的周末夜》（*The Cotter's Saturday Night, 1786*）。

玛利亚·埃奇沃思（*Maria Edgeworth*）和沃尔特·司各特（*Walter Scott*）的地方主义小说等，标志着人们的民族意识在加强。

地方文学阶段（1800—1842）。

在这 40 余年间，以小说为代表的文学形式开始形成。

在爱尔兰作家队伍中，有信奉新教的殖民者后裔作家玛利亚·埃奇沃思、摩根夫人（Lady Moran），还有中产阶级作家格里芬（Gerald Griffin）、班宁兄弟（Michael and John Banim），以及佃农出身的小说家威廉·卡尔顿（William Carlleton）。

玛利亚·埃奇沃思（是英国—爱尔兰作家，被誉为"英国第一位一流的儿童文学女作家"。她生于英格兰，以写富有想象、有道德教育意义的儿童故事和反映爱尔兰生活的小说闻名。她的作品在人物塑造和乡土色彩方面尤为出色，处女作《拉克伦特堡》（Castle Rackrent, 1800）讲述了一个爱尔兰地主家族的衰败，标志着爱尔兰地方小说的开端。她还写过几部儿童作品，如《父母的助手》（The Parent's Assistant, 1796），通过有趣的故事阐释道理。沃尔特·司各特承认自己写《威弗利》（Waverley, 1814）时受益于埃奇沃思的作品。

这些作家的小说源自民间传说，在英语文学中有突出的地位。他们笔下的边远、原始、怪异、充满魔力的凯尔特世界，对读者都有很大的吸引力。

独立的民族文学阶段（1842—1922）。

19 世纪 40 年代后期，爱尔兰发生了一系列重大事件，对爱尔兰的社会、政治、文化都产生了很大的影响，民族意识有了新的觉醒。

1845 年的大饥荒、1848 年失败的"青年爱尔兰"武装起义、1858 年"爱尔兰共和兄弟联盟"的成立、60 年代的芬尼运动……促使天主教和新教的民族领导人组成了统一战线，展开了反对英国统治的斗争。

文学和民族独立运动遥相呼应，出现了托马斯·戴维斯（Thomas Davis）这类作家。他们号召青年到传统的文化遗产中，开辟新的爱尔兰文化基地。

从此，以"青年爱尔兰"为中心的文学和文化运动蓬勃地展开起来。

19 世纪 30 年代，英国殖民者在爱尔兰进行了土地测量，把爱尔兰学者集合起来对爱尔兰的地名和有关历史进行调查。

这个调查唤起了诗人们的民族意识。

诗人詹姆斯·克莱伦斯·曼根（James Clarence Mangan）发表了《奥胡赛的马圭尔颂》（O Hussey's Ode to the Maguire）、《黑色的罗莎琳》（Dark Rosaleen）等诗。

塞缪尔·弗格森（Samuel Ferguson）根据民间的勇士传奇故事写成了《西部盖尔族叙事诗》（Lays of the Western Gael, 1865）、《康格尔》（Congal, 1872），展现了一个富有想象力的世界。

斯坦迪什·奥格雷迪（Standish O'Grady）发表了以丰富的想象创造的一部爱尔兰祖先生活斗争的英雄历史《爱尔兰历史：英雄时期》（History of Ireland: Heroic Period, 1878）。

道格拉斯·海德主张通过复活爱尔兰的传统，振兴爱尔兰的文艺。他的诗《在炉火旁》（Beside the Fire, 1890）、《康纳赫特情诗》（Love Songs of Connacht, 1893）等，语言简洁、具体、形象，为通俗诗歌

没有吸引像年轻的叶芝那样的个人主义者。后来，他找到了一条通往人民的路，这里的人民不再是一个抽象的概念，而是爱尔兰人民——他从小就与爱尔兰人民关系密切。他所追求的不是被现代需求刺激起来的大众，而是从历史中发展而来的精神本质。他希望唤醒这个灵魂，使之进入更有意识的生活。

在伦敦的思想动荡中，叶芝仍然珍视爱尔兰的东西，这种感觉是由每年夏天他对祖国的访问以及对其民间传说和习俗的全面研究培养出来的。他早期的诗歌几乎完全建立在对这些事物的印象之上，并立即在英国赢得了高度的评价，因为这种新素材具有强烈的想象力、吸引力。尽管有其独特的地方，但它的形式仍与英国诗歌的几个最高贵的传统密切相关。凯尔特语和英语的融合在政治领域从未成功实现，但在诗意想象的世界里却成为现实——这是一个具有不小精神意义的表征。

无论叶芝读了多少关于英国大师的书，他的诗都自有新的特点：节奏和格调都发生了变化，仿佛它们被转移到了另一片天空中——海边的凯尔特黄昏。在现代英语诗歌中，叶芝诗中歌曲的元素更加强烈，曲调更加忧郁。在轻柔的节奏下，我们可以感受到另一种节奏的暗示，那是风的缓慢呼吸和大自然永恒的脉动。尽管它自由地移动，就像梦游者一样，但当这门艺术达到最高水平时，它绝对是神奇的，但它很难被掌握，事实上，它往往非常晦涩，需要努力去理解。这种默默无闻在一定程度上源于实际主题的神秘主义，但也许同样源于凯尔特人的气质——凯尔特人的气质似乎更以火热、细腻和穿透力而非清晰为特征。然而，这个时代的趋势可能起到了不小的作用：象征主义和为艺术而艺术的主张，主要被用来完成找到一个大胆恰当的词的工作。

叶芝与一个民族的生活联系在一起，这把他从贫瘠中拯救了出来。贫瘠是他这个时代为追求美丽而付出的巨大努力的标志。在他周围，以他为中心点和领导者，伦敦文坛的一群同胞掀起了一场被称为"凯尔特复兴"的强大运动。它创造了一种新的民族文学，一种盎格鲁—爱尔兰文学。

这一群体中最重要、最多才多艺的诗人就是叶芝，他具有鼓舞人心、团结一致的个性。他给当时分散的力量一个共同的目标，或鼓励以前没有意识到其存在的新力量，使这场运动迅速发展壮大。

然后，爱尔兰剧院也随之诞生，叶芝的积极宣传为其创造了一个舞台和一大批观众。首场演出上演的是他的戏剧《凯瑟琳女伯爵》（1892 年），这部作品诗意极其丰富。接着上演的是一系列诗剧，都是爱尔兰题材的，主要取材于古老的英雄传奇。其中最精彩的是爱尔兰海伦的悲剧《戴尔德雷》（1907 年），还有《绿盔》（1910 年）——一个原始荒野中的英雄神话。最重要的是《国王的门槛》（1904 年），在这部剧中，简单的素材里渗透着一种罕见的宏伟和深刻。关于吟游诗人在国王宫廷中的地位和身份的争论，引发了一个永恒的问题，即在我们的世界中，有多少精神上的东西是有益的，这些东西是以真实的还是虚假的信仰来被接受的。剧中的主人公以生命为赌注，捍卫诗歌至高无上的地位，捍卫一切使人类生活美好而有价值的东西。并不是所有的诗人都会提出这样的主张，但叶芝做到了：他的理想主义从未被削弱，他的艺术也从未被削弱。在这些戏剧作品中，他的诗歌确定了稳重的风格并达到了一种罕见的美。

颁奖词 [1]

瑞典文学院诺贝尔委员会主席佩尔·哈尔斯特伦

很早的时候，在青春的第一次盛开绽放中，威廉·巴特勒·叶芝就作为当之无愧的诗人脱颖而出。他的自传表明，即使在他还是个孩子的时候，诗人内心的激励就决定了他与世界的关系。他从一开始就朝着情感和智力生活所指示的方向有机地发展。

他出生在都柏林的一个艺术之家，因此美自然地成为他重要的必需品。他表现出了艺术的力量，他接受的教育也致力于满足这种趋势：为获得非传统的学校教育而努力。他大部分时间在英国——他的第二个祖国接受教育。尽管如此，他的决定性发展仍与爱尔兰有关，主要是与相对未受破坏的康诺特的凯尔特郡地区有关，他的家人在那里有他们的度夏家园。在那里，他吸取了民间信仰和民间故事中富有想象的神秘主义，这是这里的人民最显著的特征。在原始的山海自然环境中，他全神贯注、充满激情地努力捕捉它的灵魂。

大自然的灵魂对他来说不是空洞的词汇，因为凯尔特人相信泛神论，即相信生命的存在，相信现象世界背后的个人力量，且大多数人都保留了这种信仰。它抓住了叶芝的想象力，并满足了他与生俱来的强烈的宗教需求。当他最接近他那个时代的科学精神时，在对自然生命的热心观察中，他特地把注意力集中在黎明时分各种鸟类的合唱，以及暮色之星点燃时飞蛾的飞行上。这个男孩对太阳移动的节奏非常熟悉，他可以通过这样的自然迹象来准确地判断时间。这种与早晚声音的亲密交流，使得他的诗歌后来包含了许多具有魅力的迷人的特质。

他长大后不久就放弃了美术方面的训练，投身于诗歌创作，这是他最大的爱好。但这种训练的影响在他的整个职业生涯中都是显而易见的，既体现在他那形式和个人风格的强烈崇拜上，更体现在他对问题的大胆解决上。在这些问题中，他敏锐但支离破碎的哲学思考使他找到了能满足自己独特天性的需要。

19 世纪 80 年代末他在伦敦定居时，他进入的文学界并没有给他带来多少积极的影响，但至少给了他来反对派的友谊，这对好斗的年轻人来说似乎尤为珍贵。伦敦文学界充满了对之前盛行的时代精神，即教条式的自然科学和自然主义艺术精神的厌倦和反叛。很少有人的敌意像叶芝那样根深蒂固，他是一个全然注重直观和梦幻的人，不屈不挠的唯灵主义者。

他不仅被自然科学的自信和现实艺术的狭隘所困扰，更让他感到震惊的是在一个充其量只相信集体和自动地进入科凯恩圣地的世界里，人格的瓦解和怀疑所产生的冷漠，以及想象和情感生活的干涸。事实证明他是非常正确的：人类可以通过这样的教育到达"天堂"，我们有怎样的优势来享受，这是相当令人怀疑的。

以深受敬仰的诗人威廉·莫里斯为代表的更美好的社会乌托邦主义，并

的创作树立了榜样。他是爱尔兰文艺复兴运动的中心人物之一。

乔治·威廉·拉塞尔自称"AE"，是爱尔兰文艺复兴运动初期有影响力的诗人。他的诗集《还乡随想曲》（*Homeward Song by the Way, 1894*）、《大地的气息和其他诗歌》（*The Earth Breath and Other Poems, 1897*）奠定了他神秘诗人的地位。

叶芝在文学上，选择了弗格森和奥格雷迪根据神话创作的道路。

他的长诗《乌辛漫游记》、诗集《玫瑰之恋》、散文集《凯尔特的薄暮》，皆是以历史和民间传说为依据写成的。

他以农村的现实和民间的想象为基础创作了《霍里汗之女凯瑟琳》（*Cathleen Ni Houlihan, 1902*），这个剧本给抗英的爱国者以巨大的鼓舞。

新一代诗人托马斯·麦克多纳（*Thomas Mcdonaugh*）、戈加蒂（*Oliver StJohn Gogarty*）、帕特里克·皮尔斯（*Patrick Henry Pearse*）、约瑟夫·坎贝尔（*Joseph Campbell*）、邓萨尼爵士（*Lord Dunsany*）、谢默斯·奥沙利文（*Seamus O Sullivan*）、帕德里克·科拉姆、詹姆斯·斯蒂芬斯（*James Stephens*）、詹姆斯·乔伊斯、约瑟夫·普伦基特（*Joseph Mary Plunkett*）等的相继涌现，改变了诗歌神秘、朦胧的基调。他们以现实主义的笔调创作，使诗能更好地反映农村生活和社会现实。

爱尔兰文艺复兴运动，最显著的成就表现在戏剧上。

爱尔兰本土戏剧到了 18 世纪才有所发展。凯尔特语中没有戏剧传统，中世纪教会和行会演出的奇迹剧在形式上多受英国戏剧影响，大部分爱尔兰作家在英国施展了他们的才华。

康格里夫、法夸尔、戈德斯密斯、谢里丹等爱尔兰作家，在 17 世纪英王朝复辟时期和 18 世纪英国戏剧历史上都留下了深刻的印记。

19 世纪，奥斯卡·王尔德、萧伯纳成了伦敦戏剧舞台上显赫的人物。

王尔德的风尚喜剧《认真的重要》（*The Importance of Being Earnest, 1895*），被认为是继康格里夫、法夸尔的传统戏剧之后最完善的一部剧作。

萧伯纳的讽刺剧《武器与人》轰动了伦敦舞台，影响极大。

1889 年，在爱尔兰，叶芝的《凯瑟琳女伯爵》、爱德华·马丁的《石南荒野》（*The Heather Field, 1889*）在安辛特音乐厅成功上演，揭开了爱尔兰戏剧运动的序幕。

叶芝、马丁、格雷戈里夫人发起这场戏剧运动，源于对爱尔兰当时戏剧状况的不满：商业性戏剧占据戏剧舞台，真正严肃的戏剧得不到演出的机会。他们迫切地感到爱尔兰戏剧必须要有真正有艺术价值的爱尔兰题材，必须改变过去英国戏剧舞台上爱尔兰人物衣衫褴褛、爱吹牛的流浪汉形象。

叶芝主张戏剧语言应鲜明、朴素、高尚，希望恢复有诗歌想象的戏剧。

1921 年，经历了长期争取民族独立的斗争，爱尔兰终于摆脱了英国的统治，宣告成立了自由邦，信奉天主教的资产阶级取代了信奉新教的英爱新兴特权阶层的统治。新政权对作家采取怀疑的态度，天主教会更是如此，把矛头指向作家。

1922 年，由于派别分歧导致的爱尔兰内战，影响了整整一代的爱尔兰作家。在文学上，内战前爱尔兰作家倾向浪漫，战后，爱尔兰作家倾向于保守，他们对社会的不满在作品中往往表现为一种冷嘲的基调。

1929 年，爱尔兰通过了《文学出版物审查法》（*The Literary Censorship Act of 1929*）。

20 世纪 30 年代，爱尔兰有影响力的诗人有克拉克、卡瓦纳、麦克多纳、麦克尼斯等。

奥斯汀·克拉克（*Austin Clarke*）的诗，尖锐地批判了令人窒息的作品审查制度，描写了灵与肉、艺术解放和教会压迫之间的冲突。

帕特里克·卡瓦纳（*Patrick Kavanagh*）用长篇叙事诗《大饥荒》（*The Great Hunger, 1942*），表现爱尔兰农村单身汉的不幸遭遇，他们的文化、物质等，皆被剥夺。

多纳·麦克多纳（*Donagh MacDonagh*）、帕特里克·麦克多纳（*Pattrick MacDonagh*）、帕德里克·法伦（*Padraic Fallon*）、罗伯特·费伦（*Robert Ferren*）等诗人，以爱尔兰的传统为创作源泉。

北爱尔兰流亡国外的诗人路易斯·麦克尼斯（*Louis MacNeice*）、威廉·罗杰斯（*William Robett Rodgers*）虽居伦敦，仍用爱尔兰的题材写诗。

约翰·休伊特（*John Hewitt*）退休后，从英国回到北爱尔兰，坚持以阿尔斯特英国移民后裔的身份创作。

1938 年
—
《新诗集》
New Poetry

1939 年
—
《最后的诗歌及两个剧本》
Last Poems and Two Plays（去世后出版）
《气锅中》
Gas the Pot（去世后出版）

20 世纪 50 年代，托马斯·金塞拉（Thomas KinseIla）以其大量的诗歌作品，声名远扬。

同时代的作家还有理查德·墨菲（Richard Murphy）、约翰·蒙塔古（John Montague）、安东尼·克罗宁（Anthony Cronin）、尤金·沃特斯（Eugene Watters）、巴兹尔·佩恩（Basil Payne）、肖恩·露西（Sean Lucy）、布伦丹·肯内利（Brendan Kennelly）等。

20 世纪 60 年代，北爱尔兰诞生了一大批很有才华的诗人，如谢默斯·希尼（Seamus Heaney），他是阿尔斯特诗派的带头人。

谢默斯·希尼生于爱尔兰北部德里郡毛斯邦县的一个虔诚的天主教、世代务农的家庭。希尼不仅是诗人，还是诗学专家。1995 年获得诺贝尔文学奖。他的诺贝尔奖演讲《归功于诗》（Crediting Poetry, 1996）也是一篇重要诗论。除诗歌外，他还写过一个剧本。希尼把古英语史诗《贝奥武夫》（Beowulf, 2000）译成现代英语，轰动一时。他是公认的当今世界上最好的英语诗人、文学批评家。希尼自小接受正规的英国教育，1961 年以第一名的优异成绩毕业于英国女王大学英文系。毕业后当过一年中学教师，在此期间他大量阅读爱尔兰和英国的现代诗歌，从中寻找将英国文学传统和德里郡乡间生活经历结合起来的途径。1966 年，他以诗集《一位自然主义者之死》（Death of a Naturalist, 1966）一举成名。1966 年到 1972 年，希尼在母校任现代文学讲师，亲历了北爱尔兰天主教徒为争取公民权举行示威而引起的暴乱。2013 年 8 月 30 日，希尼逝世，终年 74 岁。

其他诗人有迈克尔·朗利（Michael Longley）、德里克·马洪（Derek Mahon）、谢默斯·迪恩（Seamus Deane）、詹姆斯·塞门斯（James Simmons）、弗兰克·奥姆斯比（Frank Ormsby）、保罗·马尔杜恩（Paul Muldoon）等。

爱尔兰南部的诗人有伊文·博兰（Eavan Boland）、迈克尔·哈特尼特（Michael Hartnett）、康利斯·埃利斯（Conleth Ellis）等。

爱尔兰文学，特别是爱尔兰文艺复兴时期以来的文学作品，早就被我国人民所喜爱。特别是叶芝、格雷戈里夫人的作品，在 20 世纪 20 年代，就被鲁迅、茅盾、郭沫若介绍到我国来。

现在，我把 20 多年前的旧译著《叶芝诗集》按作者原著系列重新译迻，相信这部经典一定会再度引起读者更广泛的兴趣。

七

叶芝通过庞德结识了很多年轻的现代主义者，这使得他中期的诗作远离了早期《凯尔特的薄暮》时的风格。

他对政治的关注也逐渐加深，不再局限于文艺复兴运动早期的文化政治领域。

在叶芝早期的作品中，他灵魂深处的贵族立场体现无余。他将爱尔兰平民的生活理想化，有意忽视这个阶层贫穷羸弱的现实。然而一场由城市中的下层天主教徒发起的革命运动，迫使他不得不改变自己的创作姿态。

《1913 年 9 月》这首诗，体现了叶芝新的政治倾向。诗抨击由詹姆斯·拉尔金（James Larkin）领导的著名的 1913 年都柏林大罢工。

诗中，诗人反复吟诵："一切都已改变 / 彻底改变 / 恐怖的美却已诞生。"

叶芝终于意识到复活节起义的领袖们的价值，就在于他们卑微的出身和贫困的生活。

20 世纪 20 年代和 30 年代初期，叶芝受到他的国家及整个世界动荡局势的影响。

1922 年，叶芝进入爱尔兰参议院。他参议员生涯中主要的成就之一，是担任货币委员会的主席。在这一机构，他设计了爱尔兰独立之后的第一批货币。

1925 年，叶芝倡导离婚合法化。

1927 年，叶芝在他的诗作《在学童中》里描述作为公众人物的自己："一位面带微笑的六十岁的公众人物。"

1928 年，因健康问题，叶芝从参议院退休。

1937 年，巴勃罗·聂鲁达（Pablo Neruda）[10] 邀请他到马德里，叶芝在回信中表明他支持西班牙革命，反对法西斯主义。叶芝的政治倾向非常暧昧。他不支持民主派，晚年却有意疏远纳粹和法西斯主义。

纵观叶芝的一生，他从未真正接受或赞同过民主政治，他深受所谓"优生运动"的影响。

进入晚年，叶芝不再直接触及与政治相关的题材，他开始以更个人化的风格写作。他开始为自己的家人儿女写诗，有时描绘关于时间流逝、逐渐衰老的心绪和经历。

收录在他最后一部诗集中的作品《马戏团动物的逃逸》（The Circus Animals' Desertion），生动地表现了他晚期作品的灵感来源："既然我的阶梯已消失，我必须平躺在那些阶梯攀升的起点。"

1929 年后，叶芝搬离托尔·巴利塔。

1932 年，他在都柏林的近郊租了一间房子。

1925 年
—
《灵视》
Spirit Vision

1926 年
—
《幻象》
A Vision
《自传》
Autobiography

1927 年
—
《十月的爆发》
October Outbreak

1928 年
—
《塔楼》
The Tower

1933 年
—
《旋梯》
The Winding Stair
《回梯与其他诗作》
The Winding Stair and Other Poems

1934 年
—
《剧作选集》
Plays Anthology

1935 年
—
《三月的满月》
A Full Moon in March

1914 年
—
《责任》
Responsibilities

1916 年
—
《青春岁月的幻想曲》
The Prime Years of Fantasia

1917 年
—
《库尔的野天鹅》
The Wild Swan at Coole

1918 年
—
《宁静的月色中》
In the quiet moonlight

1919 年
—
《二次圣临》
The Second Coming

1921 年
—
《迈克尔·罗巴茨与舞蹈家》
Michael Robartes and the Dancer
《四年》
Four years

1924 年
—
《猫和月光》
The Cat and the Moon

晚年的叶芝非常高产，出版了许多诗集、散文、戏剧，很多著名的诗作都在晚年写成。

《驶向拜占庭》是他的巅峰之作，这首诗体现了他对古老神秘的东方文明的向往。

1938 年，叶芝最后一次来到艾比剧院，观赏他的剧作《炼狱》的首映式。同年，他出版了《威廉·巴特勒·叶芝的自传》。

晚年的叶芝百病缠身，在妻子的陪伴下到法国休养。

1939 年 1 月 28 日，叶芝在法国南部曼顿（Menton）小镇的罗克布鲁纳·开普·马丁"快乐假日旅馆"（Happy Holiday Hotel）逝世。

他的最后一首诗，是以亚瑟王传说为主题的《黑塔》（The Black Tower, 1939）。

The Black Tower

SAY that the men of the old black tower,
Though they but feed as the goatherd feeds,
Their money spent, their wine gone sour,
Lack nothing that a soldier needs,
That all are oath-bound men:
Those banners come not in.

There in the tomb stand the dead upright,
But winds come up from the shore:
They shake when the winds roar,
Old bones upon the mountain shake.

Those banners come to bribe or threaten,
Or whisper that a man's a fool
Who,when his own right king's forgotten,
Cares what king sets up his rule.
If he died long ago
Why do you dread us so ?

There in the tomb drops the faint moonlight,
But wind comes up from the shore:
They shake when the winds roar,
Old bones upon the mountain shake.

The tower's old cook that must climb and clamber
Catching small birds in the dew of the morn
When we hale men lie stretched in slumber
Swears that he hears the king's great horn.
But he's a lying hound:
Stand we on guard oath-bound!

There in the tomb the dark grows blacker,
But wind comes up from the shore:
They shake when the winds roar,
Old bones upon the mountain shake.

黑塔 [11]

比如说老黑塔的人，
虽然他们只是像牧羊人一样吃草，
他们的钱花了，他们的酒变酸了，
不缺乏战士所需的一切，
全都是信守誓言的人：
那些旗帜 [12] 就不会进入。

墓中死者直立 [13]，
但是风从岸边吹来：
当风呼啸时，它们会颤抖，
山上的老骨头在摇晃。

那些旗帜是为了贿赂或恫吓，
或者低声说某人是个傻瓜，
当他自己的国王被遗忘时，
却关心他国君主登极建国。
如果他早就死了
你为什么这么害怕我们？

墓穴里洒着淡淡的月光，
但是风从岸边吹来：
当风呼啸时，它们会颤抖，
山上的老骨头在摇晃。

塔上的老厨师必须爬上爬下
在晨露中捕捉小鸟，
当我们硬朗的男人躺在睡梦中
发誓他听到了国王的号角 [14]。
但他是一只爱撒谎的猎犬：
让我们站起来，信守诺言，站岗！

坟墓里的黑暗越来越黑，
但是风从岸边吹来：
当风呼啸时，它们会颤抖，
山上的老骨头在摇晃。

1895 年
—
《诗集》
Poetry collection
《神秘的玫瑰》
Mysterious rose

1899 年
—
《芦苇间的风》
The Wind Among the Reeds

1903 年
—
《善恶之观念》
Ideas of Good and Evil

1904 年
—
《在七片树林里》
In the Seven Woods

1907 年
—
《发现》
Discovery

1910 年
—
《绿盔及其他诗作》
The Green Helmet and Other Poems

1913 年
—
《挫折的诗歌》
Setbacks Poetry

主要作品表

1886 年

—

《摩沙达》

Mosada

1888 年

—

《爱尔兰乡村的神话和民间故事集》

Fairy and Folk Tales of the Irish Peasantry

1889 年

—

《乌辛漫游记及其他诗作》

The Wanderings of Oisin and Other Poems

1891 年

—

《经典爱尔兰故事》

Classic Irish story

1892 年

—

《女伯爵凯瑟琳及各种传说和抒情诗》

The Countess Kathleen and
Various Legends Lyrics Irish Fairy Tales

1893 年

—

《凯尔特的薄暮》

The Celtic Twilight

《玫瑰之恋》

The Rose

1894 年

—

《心愿之乡》

The Land of Heart's Desire

叶芝出生在爱尔兰首都都柏林近郊的桑迪蒙特的一座没有多少传奇色彩的住宅里，正如希尼所言，它"不过是常见的半独立式、维多利亚时代中期，有凸窗、台阶和地下室的住宅，它除了坚固的中产阶级可敬性之外，很难神话化。他在布卢姆斯伯里的公寓和都柏林梅里恩广场的排屋也是如此"。

叶芝在母亲的亲戚波利法克斯家里度过了青少年时期，西爱尔兰斯莱戈郡成为他的"心乡"（heart country），构成了他早期"《凯尔特的薄暮》式"浪漫主义抒情的风格。这些由金赛尔（Kinsale）海港、氪梦湖岛、吉尔湖（Lough Gill）、格伦卡瀑布（Glencar Waterfall）等景色如画的地标构成的田园风光，塑造了他的青春之心。

中年之后，叶芝的所有意识，从事的恰是反向的空间发生学运动。他创造自己的地标，而不是被地标塑造；他用建筑和文字为心灵发声，而不是让心灵唱出建筑之歌。

To be Carved on a Stone at Thoor Ballylee

I, the poet William Yeats,
With old mill boards and sea-green slates,
And smithy work from the Gort forge,
Restored this tower for my wife George;
And may these characters remain
When all is ruin once again.

拟镌于托尔·巴利塔畔上的铭文

我，写诗的威廉·巴特勒·叶芝，
用古老的磨盘和海绿色的石板，
还有戈特锻造厂的铁材，
为我妻乔治重修此塔。
当一切再毁之后，
愿此文犹存。

叶芝在托尔·巴利塔的石板上镌刻了如上铭文。想要在不可能之处扎根，想要在无基之处建基，这种悲剧式的英雄主义与无可奈何的矛盾，同样包含在"塔"里——这张决定命运之牌的象征语库中。

《黑塔》是叶芝 1939 年 1 月 21 日，在病床上口述的最后一首诗，也是托尔·巴利塔在它主人的作品中最后一次登场。

1927 年，叶芝致友人："我希望能把这座建筑物，想象为我作品的一种永恒的象征，任何路人都能一目了然。"

《黑塔》这首诗，成了叶芝一种纪念碑的纪念碑，一种象征的象征。

叶芝逝世后，起初被埋葬在罗克布罗恩（Roquebrune），之后，他的尸骸却被掘出，与别人的尸骨混装于集体骨瓮之中。因难以辨认，无计可施的叶芝家属，选择掩盖叶芝遗骸丢失的消息。

1948 年 9 月，叶芝的遗体被重新挖出并迁移，爱尔兰海军用巡洋舰将他带回家乡。遵照叶芝的遗愿，他的遗体移至他的故乡斯莱戈，重新埋葬于德鲁姆克利夫教堂墓地（Drumcliff churchyard），这里后来成了斯莱戈引人注目的景点。

据叶芝妻子回忆，叶芝的遗嘱是："我死后，就地掩埋，一年内，等报纸遗忘我时，把我挖出来埋在斯莱戈。"

这场迟到的下葬仪式，成了斯莱戈郡的盛事。到场的除却文学界要人，还有当时的爱尔兰外交部长，即叶芝的挚爱茅德·冈之子肖恩·麦克布莱德，他代表政府负责主持了整个遗体的搬运仪式。

然而，根据挖墓证明和其他文件显示，当时很多人的骸骨被乱七八糟地拼凑成一套，放进了叶芝的棺木。安葬叶芝的这座小教堂，竖了提示叶芝墓的位置的牌子。

相隔半个多世纪，这些秘密文件才被曝光，由法国外交部官员的儿子达丹尼尔·帕里（Daniel Parry）转交给了爱尔兰驻法国大使馆，叶芝遗骸的秘密才被世人所知。

叶芝墓，不再是石碑和尸骸那么简单，而是一座神殿。

正如伦敦大学英文研究学院教授沃里克·古尔德（Warwick Gould）所言："神殿关乎石头，无关骨头。它们的象征意义比人类遗骸存在得更久长。"

叶芝"心乡"
Heart Country

叶芝墓
Yeats's Grave

叶芝墓（*Yeats's Grave*）安静地躺在墓园入口毫不起眼的一隅，墓石被葳蕤的蓝铃花和满天星簇拥。他的墓前有一小池鹅卵石，石缝中探出杂草。墓碑是一块简陋的青石板，上面刻着亡者的名字、生卒年。

他的墓志铭，是他晚年作品《本·布尔本山下》（*Under Ben Bulben*）的最后一句："冷眼 / 生死 / 勇士们 / 前进！"（*Cast a cold eye, on life, on death, horseman, pass by!*）

这是叶芝生前为自己选定的墓志铭。

叶芝生前说，斯莱戈是对他一生影响最深远的地方，所以他的雕塑和纪念馆地址选在这里。

著名的悼念叶芝的诗句是："疯狂的爱尔兰将你刺伤成诗。"（*Mad Ireland hurt you into poetry.*）

1986 年 5 月 4 日首译于武昌珞珈山
1989 年 6 月 9 日初稿于枣阳
1999 年 9 月 2 日改稿于南宁
2018 年 4 月 5 日校订于上海
2020 年 7 月 9 日修正于襄樊（今襄阳）
2021 年 9 月 7 日再校改于襄樊（今襄阳）
2022 年 6 月 9 日再改于襄樊（今襄阳）"文爱艺著作博物馆"筹备处
2023 年 6 月 29 日再改于郑州

注

1,

托马斯·斯特尔那斯·艾略特，英国诗人、剧作家、文学批评家，诗歌现代派运动领袖。出生于美国密苏里州的圣路易斯。他在哈佛大学学习哲学和比较文学，接触过梵文和东方文化，对黑格尔派的哲学家颇感兴趣，曾受到法国象征主义文学的影响。1914 年，艾略特结识了美国诗人庞德。第一次世界大战爆发后，他来到英国，并定居伦敦，先后做过教师和银行职员等。1922 年发表的《荒原》（The Waste Land）为他赢得了国际声誉，被评论界看作 20 世纪最有影响力的一部诗作，被认为是英美现代诗歌的里程碑。1927 年，艾略特加入英国国籍。1943 年结集出版的《四个四重奏》（Four Quartets）使他获得了 1948 年度诺贝尔文学奖。晚年致力于诗剧创作。1965 年在伦敦逝世。

托马斯·斯特尔那斯·艾略特
Thomas Stearns Eliot
1888 年 9 月 26 日
—
1965 年 1 月 4 日

2,

埃兹拉·庞德，美国诗人、文学评论家，意象派诗歌运动的重要代表人物，美国艺术文学院成员。庞德和艾略特同为后期象征主义诗歌的领军人物。他从中国古典诗歌、日本俳句中生发出"诗歌意象"的理论，为东西方诗歌的相互借鉴做出了卓越贡献。

埃兹拉·庞德
Ezra Pound
1885 年 10 月 30 日
—
1972 年 11 月 1 日

3,

詹姆斯·乔伊斯，爱尔兰作家、诗人，20 世纪最伟大的作家之一，后现代文学的奠基者之一，其作品及"意识流"思想对世界文坛影响巨大。

一生颠沛流离，辗转欧洲各地，靠教授英语和写作糊口。晚年饱受眼疾之痛，几近失明。他的作品结构复杂，用语奇特，极富独创性。

主要作品是短篇小说集《都柏林人》（*Dubliners, 1914*），描写下层市民的日常生活，显示社会环境对人的理想和希望的毁灭。

自传体小说《青年艺术家的自画像》（*A Portrait of the Artist as a Young Man, 1916*），以大量内心独白描述人物心理及其周围世界。

代表作长篇小说《尤利西斯》（*Ulysses, 1922*），表现现代社会中人的孤独与悲观。

后期作品长篇小说《芬尼根的守灵夜》（*Finnegans Wake, 1939*），借用梦境表达对人类的存在和命运的终极思考，语言极为晦涩难懂。

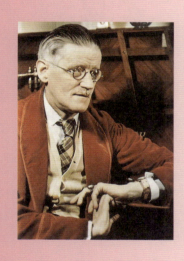

詹姆斯·乔伊斯
James Joyce
1882
—
1941 年

4,

约瑟夫·鲁德亚德·吉卜林，英国作家、诗人。1865 年出生于印度孟买。1877 年进入联合服务学院学习。1883 年出版处女作诗集《学生抒情诗》（*Student lyrics*）。1896 年出版小说《丛林之书》（*The Jungle Book*）、《丛林之书续集》（*The Jungle Book sequel*）。1900 年创作长篇小说《基姆》（*Kim*）。1907 年出版小说《老虎！老虎！》（*The Jungle Books*），同年获得诺贝尔文学奖。1926 年获得英国皇家文学会的金质奖章。1936 年 1 月 18 日因脑出血在伦敦逝世。

约瑟夫·鲁德亚德·吉卜林
Joseph Rudyard Kipling
1865 年 12 月 30 日
—
1936 年 1 月 18 日

16,

指自 12 世纪诺曼人征服爱尔兰起至 20 世纪。

17,

叶芝的曾祖父约翰·叶芝在 1811 年至 1846 年间任德鲁姆克利夫教堂教区的牧师。

18,

1938 年 8 月 15 日，叶芝在致多萝西·韦尔斯利（Dorothy Wellesley）的信中如是说，此行上面还有一句"开缰，提气"。

5,

格雷戈里夫人，爱尔兰剧作家。原名伊莎贝拉·奥古斯塔·珀斯（*Isabella Augusta Persse*）。1852 年 3 月 15 日出生于戈尔韦郡一地主家庭。1880 年与退休的锡兰总督威廉·格雷戈里爵士结婚，1892 年丈夫死后开始从事文学活动。1896 年结识叶芝，投身爱尔兰文艺复兴运动，并成为领导人之一。1899 年与叶芝等人共同在都柏林建成爱尔兰民族文学剧院，实验演出 3 年。1902 年组成爱尔兰民族戏剧学会。1904 年建立艾比剧院，作为演出中心，上演爱尔兰民族戏剧，培养了著名剧作家 J.M. 辛格和 S. 奥凯西。1932 年 5 月 22 日在库勒庄园逝世。

格雷戈里夫人
Lady Gregory
1852 年 3 月 15 日
—
1932 年 5 月 22 日

6,

道格拉斯·海德，爱尔兰学者和第一任总统（1938 年 6 月 25 日—1945 年 6 月 24 日）。1884 年毕业于都柏林三一学院，早期参加爱尔兰民族解放运动，1893 年至 1915 年任盖尔人联盟主席，为争取爱尔兰语取得与英语的同等法律地位而斗争。1909 年至 1932 年任都柏林大学学院现代爱尔兰语教授。曾短期任爱尔兰自由邦上院议员。1938 年当选为爱尔兰自由邦第一任总统，届时 78 岁。著有《康纳特的情歌》（1893）、《爱尔兰文学史》（1899）、《拉夫特里的诗》（1904）、《爱尔兰民间关于圣人和罪人的传说》等。

道格拉斯·海德
Douglas Hyde
1860 年 1 月 17 日
—
1949 年 7 月 12 日

克洛德·洛兰（*Claude Lorrain*）：17 世纪法国著名画家，卒于意大利罗马。他在绘画方面有极高的天赋，取得了很高的成就，自他开始，法国才有了真正意义上的风景画。主要作品有《乌尔苏拉登船远航》《欧罗巴被劫》《中午》《帕里斯的评判》《有舞者的风景》等。他的作品充分显示了画家对光线的高度敏感，加之注入了对人物细腻的描绘，他的画风达到澄净与和谐的境界。

以上四人皆代表传统艺术的继承者。

克洛德·洛兰
Claude Lorrain
1600 — 1682 年

15,

塞缪尔·帕尔默（*Samuel Palmer*），英国风景画家、版画家，也是多产的作家。帕尔默是英国浪漫主义的重要人物，他富有远见地创作了田园画。艺术领域涉及绘画、版画，绘画受约瑟夫·马洛德·威廉·透纳（*Joseph Mallord William Turner*），威廉·布莱克和爱尔克·拉维利乌斯（*Eric Ravilious*）的影响。

帕尔默出生在伦敦纽因顿旧肯特路的萨里广场，是一位书商和洗礼派部长的儿子，由一位虔诚的护士抚养长大。帕尔默从十二岁左右开始画教堂，十四岁时首次在皇家艺术学院展出了特纳风格的作品。他没有接受过正式的培训，也没有接受过什么正规的学校教育。

他评论布莱克为维吉尔作品的英译本所作的插图说：“它们像这位卓越的艺术家的所有作品一样，拉开了肉体的帷幕，窥见了所有虔诚勤勉的圣徒享受过的、存留给上帝的选民的安息，那是一切最神圣、最勤勉的圣人贤者所见到的。”他实际上是间接引用了《新约·希伯来书》第 4 章第 9 节的内容：“这样看来，必另有一安息日的安息，为神的子民存留。”

塞缪尔·帕尔默的风景画

塞缪尔·帕尔默
Samuel Palmer
1805 年 1 月 27 日 — 1881 年 5 月 24 日

14,

爱德华·卡尔佛（Edward Culver）：英国画家，威廉·布莱克的追随者。

理查德·威尔逊（Richard Wilson）：英国风景画家，1714 年出生，1782 年卒于威尔士卡那封郡的兰贝里斯附近。1729 年在伦敦师从肖像画家 T. 赖特 6 年。1750 年至 1757 年前后游历意大利，受法国画家克劳德·洛兰和尼古拉斯·普桑影响，转画风景。返回英国后，继续画意大利风景和英国乡村房舍、公园及威尔士山脉的风光，其画对透纳和康斯特布尔有很大的影响。他还是艺术家联盟的发起人之一和皇家美术学院的创办人。其代表作有《威耶山谷》《茅达区山谷》等。

理查德·威尔逊
Richard Wilson
1714 — 1782 年

威廉·布莱克（William Blake）：英国第一位重要的浪漫主义诗人、版画家，英国文学史上最重要的伟大诗人之一，虔诚的基督教徒。主要诗作有诗集《纯真之歌》《经验之歌》等。早期作品简洁明快，中后期作品趋向玄妙深沉，充满神秘色彩。他一生与妻子相依为命，以绘画和雕版的劳酬过着简单平静的创作生活。后来叶芝等人重编了他的诗集，人们才发现了他的虔诚与深刻。随着他的书信和笔记的陆续发表，他的神启式的伟大画作才逐渐被世人所认知，作为诗人与画家的布莱克在艺术界的崇高地位从此确立。

威廉·布莱克
William Blake
1757 年 11 月 28 日 — 1827 年 8 月 12 日

7,

约翰·米林顿·辛格，又译约翰·沁孤，爱尔兰伟大的剧作家，爱尔兰文学复兴运动的领导人，以高超的现实主义和象征主义交错的手法创造了栩栩如生的爱尔兰农民与小手艺人的形象。他的《骑马下海的人》（*Riders to the Sea, 1904*）、《西方世界的花花公子》（*The Playboy of the Western World, 1907*）、《补锅匠的婚礼》（*The Tinker's Wedding, 1908*）皆是脍炙人口的名篇。《骑马下海的人》是辛格最具代表性的作品，展现了当时爱尔兰社会的方方面面，极大地激发了爱尔兰人民的爱国情怀，堪称爱尔兰的一面坦诚的镜子。

约翰·米林顿·辛格
John Millington Synge
1871 年 4 月 16 日
—
1909 年 3 月 24 日

8,

威斯坦·休·奥登，英裔美国诗人，是继托马斯·艾略特之后最重要的英语诗人。毕业于牛津大学。20 世纪 30 年代开始崭露头角，成为新一代诗人代表和左翼青年作家领袖。1939 年移居美国，后入美国籍并皈依基督教。前期创作多涉及社会和政治题材，后期转向宗教。以能用从古到今各种诗体写作著称。晚年整理并修订了自己的诗作，按时间次序编排，分两册出版：《短诗结集 1927 — 1957》（1966）与《长诗结集》（1968）。代表作有《西班牙》《新年书信》《忧虑的时代》等。

威斯坦·休·奥登
Wystan Hugh Auden
1907
—
1973 年

9,

弗兰兹·卡夫卡，生活于奥匈帝国（奥地利帝国和匈牙利组成的政合国）统治下的捷克德语小说家，本职为保险业职员。主要作品有小说《审判》（der Prozess, 1925）、《城堡》（das schloss, 1926）、《变形记》（The Metamorphosis, 1915）等。

1883 年出生在犹太商人家庭，18 岁进入布拉格大学学习文学和法律，1904 年开始写作，主要作品为四部短篇小说集和三部长篇小说，可惜生前大多未发表，三部长篇小说也均未写完。他生活在奥匈帝国即将崩溃的时代，深受尼采、柏格森哲学的影响，对政治事件一直抱旁观态度，故其作品大都用变形荒诞的形象和象征直觉的手法，表现被充满敌意的社会环境所包围的孤立、绝望的个人。

卡夫卡与法国作家马塞尔·普鲁斯特（Marcel Proust）、爱尔兰作家詹姆斯·乔伊斯并称为西方现代主义文学的先驱和大师。

弗兰兹·卡夫卡
Franz Kafka
1883 年 7 月 3 日
—
1924 年 6 月 3 日

10,

巴勃罗·聂鲁达，智利当代著名诗人。13 岁开始发表诗作，1923 年发表第一部诗集《黄昏》（*Crepúsculos*），1924 年发表的成名作《二十首情诗和一支绝望的歌》（*VEINTE POEMAS DE AMOR Y UNA CANCIÓN DESESPERADA*）被认为是他最著名的作品之一。他的诗既继承了西班牙民族诗歌的传统，又接受了波德莱尔等法国现代派诗的影响；既吸收了智利民族诗的特点，又从沃尔特·惠特曼（*Walt Whitman*）的创作中找到了自己最倾心的形式。聂鲁达的一生有两个主题，一个是政治，另一个是爱情。

聂鲁达对中国和中国文化很感兴趣，一生曾三次到过中国。1928 年他作为外交官赴缅甸上任时，出发来到中国，给宋庆龄颁发列宁国际和平奖。在此行中，他还见到了茅盾、丁玲、艾青等文学界名流，进行了友好的交流。访问中国时他得知，自己的中文译名中的"聂"字是由三只耳朵（繁体"聶"）组成的，于是说："我有三只耳朵，第三只耳朵专门用来倾听大海的声音。"

巴勃罗·聂鲁达
Pablo Neruda
1904 年 7 月 12 日
—
1973 年 9 月 23 日

11,

菲迪亚斯（*Phidias*）：雅典人，被公认为最伟大的古典雕刻家，以形式严谨完美著称。著名作品为世界七大奇迹之一的宙斯巨像和巴特农神殿的雅典娜巨像，二者虽都早已被毁，不过有许多复制品传世，甚至在 20 世纪末，在美国有人做出雅典娜巨像 1：1 尺寸的翻版品。

12,

米开朗琪罗·博那罗蒂（*Michelangelo Buonarroti*），意大利文艺复兴时期伟大的绘画家、雕塑家、建筑师、诗人，文艺复兴时期雕塑艺术最高峰的代表，与拉斐尔·桑西和达·芬奇并称为文艺复兴后三杰。米开朗琪罗的代表作有《大卫》《创世纪》等。他一生追求完美的艺术，坚持自己的艺术思路。1564 年，他在罗马去世，他的风格影响了几乎三个世纪的艺术家。小行星 3001 以他的名字命名，以表达后人对他的尊敬。罗曼·罗兰写过《米开朗琪罗传》，归入《名人传》中。

米开朗琪罗在梵蒂冈西斯廷教堂顶上绘制壁画《创世记》，其中有英俊的裸体亚当。

米开朗琪罗·博那罗蒂
Michelangelo Buonarroti
1475 年 3 月 6 日 — 1564 年 2 月 18 日

13,

15 世纪文艺复兴初期的画家崇尚宗教美，这与前一节崇尚人体美的艺术风格形成对照，二者各代表传统的一面。

6,

在《神话集》第 70 页和第 90 页，叶芝曾提到在本·布尔本山的高处，有一个人不能至的岩洞，传说这是"仙境之门"，半夜时分会有"仙军"从中冲出。

以上两节，表明叶芝信仰体系的两个重要来源：

一是东方的神秘宗教，二是爱尔兰民间传说。

7,

叶芝认为"人站在两个永恒之间，他的家族和他的灵魂之间"。"家族"指父母赐予的血肉之躯，"灵魂"指人的精神。

8,

叶芝相信灵魂转世之说，认为人死后进入人类大记忆，可重获生命。

9,

米切尔（*Mitchel*）：指约翰·米切尔，爱尔兰民族主义者，因从事反英斗争被捕。"主啊，就让我们的时代开战吧"是他在《狱中日志》中的话。他在被流放到澳大利亚后逃到美国，1874 年回爱尔兰。

10,

埃及思想（*Egyptian thought*）：此处隐指普罗提努斯思想。普罗提努斯（*Plotinus*），又译作柏罗丁，希腊哲学家、新柏拉图主义奠基人。生于埃及的吕科波利斯，233 年拜亚历山大城的安漠尼乌斯为师学习哲学，曾参加罗马远征军，其目的是前往印度研习东方哲学。此后定居罗马，从事教学与写作工作。其学说融汇了毕达哥拉斯和柏拉图的思想以及东方神秘主义。他视太一为万物之源，认为人生的最高目的就是复返太一，与之合一。他反对柏拉图的艺术是摹仿之摹仿说，认为艺术能直接回到万物之源，艺术作品具有独立性，能弥补自然美之不足。其思想对中世纪神学及哲学，尤其是基督教教义有很大影响。大部分关于普罗提努斯的记载都来自他的学生波菲利编纂的普罗提努斯的传记中。

普罗提努斯
Plotinus
公元 205 年 — 270 年

11,

《黑塔》是 1939 年 1 月 21 日，叶芝在他的病床上口述的最后一首诗。这也是托尔·巴利塔在它主人的作品中最后一次登场。

12,

此处是隐指，隐指现代国家的政治宣传标语。

13,

《古爱尔兰社会史》中提道："有时国王和诸侯的尸体，以直立姿势入葬，全副武装，面对敌人的疆土。"

14,

此处是隐指，隐指新历史循环到来的预兆。

EVE:ROBI

注

1,

本·布尔本山位于叶芝故乡爱尔兰西部斯莱戈郡斯莱戈镇北。此诗被编辑者们不约而同地编排在叶芝诗集的最后，是叶芝一生思想的总结，表达他对今生和来世的信念，带有预言性。叶芝死后葬在离此不远的德鲁姆克利夫教堂墓园，墓碑上刻着此诗的最后三行。

2,

圣人（*Sages*）：指埃及底比斯（*Thebes*）附近沙漠中早期基督教的传道使徒，亦指佛教、印度教的苦行者。

3,

麦罗奥克湖（*the Mareotic Lake*）：今名厄恩湖（*Earn lake*），苏格兰中部湖泊。厄恩湖位于斯特凌（*Stirling*）和伯斯－琴洛斯（*Perth and Kinross*）两议会区交界处，厄恩河流贯伯斯－琴洛斯。湖长 10.5 公里，东西最宽处有 0.8 公里。洛亨黑德（*Lochearnhead*）位于湖的西端，湖的最东边是圣菲兰（*St. Fillan's*）村，厄恩河从此流出，最后注入泰河（*Tay*），全长 74 公里。斯特拉舍恩（*Strathearn*）是厄恩河谷风景如画的地方，土壤肥沃，有疗养地和许多古迹。

4,

此处应用了雪莱《阿特拉斯的女巫》（*the Witch of Atlas*）的典故。女巫能在麦罗奥克湖（*the Mareotic Lake*）水中洞察事物的真实性，是灵魂的象征。

5,

传说本·布尔本山上有超自然存在的幻影，爱尔兰神话中许多事件也发生在此山上。

5

爱尔兰诗人，学好你的本领，
要歌唱一切优美的创造，
鄙视正在涌现的那种
从头到脚都变形了的，
数典忘祖的心脑
那是卑劣床榻的卑劣之物。
要歌唱《农民》，然后
歌唱勇敢的乡间绅士，
要歌唱神圣的僧人，以及之后
酒徒们的狂欢；
要歌唱快乐的侯伯贵妇
经历了峥嵘的七百个英勇的春秋 [16]
他们的尸骨已化为尘土；
把你们的心思抛向往昔
我们在未来的日子里可能
仍然是不屈不挠的彩虹。

6

在裸露的本·布尔本山下
在德鲁姆克利夫教堂墓地，叶芝在此地安眠。
很久以前，附近有一座教堂
路旁有一个古老的十字架，
他的曾祖父 [17] 曾在此布道。
没用大理石，没有套话；
在附近开采的石灰石上
根据他的遗嘱，刻上了如下文字：

冷眼 [18]
生死。
勇士们，前进！

1938 年 9 月 4 日

NSON

4

诗人雕塑家，努力工作，
不要让时髦的画家逃避
他伟大祖先的业绩，
把人的灵魂带到上帝面前。
让他把摇篮装满。

均衡开始了我们的力量：
形成了鲜明的埃及思想 [10]，
更温和的菲迪亚斯 [11] 创造了形式。

米开朗琪罗 [12] 留下了证据
在西斯廷教堂的穹顶上，
那里只有半醒的亚当
可以撩拨环球周游的女郎
直到她欲火中烧，
证明那秘密运行的头脑
早就有一个意图先进：
宁冒渎神灵也世俗地把人类完美。

加入颜料
以上帝或圣人为背景 [13]
画出灵魂安逸的乐园；
在那里，所见的一切，
鲜花和绿草那无云的天际，
恰似现在或仿佛的形式
当睡眠者醒来却恍惚仍在梦中，
当梦境消失的时候，
那里只剩下床和床架，依然在声言
天堂之门已经打开。
                        继续旋转；
一场更大的梦已经消亡
卡尔佛和威尔逊，布莱克和克洛德 [14]，
为上帝的子民预备好了安息之地，
帕尔默 [15] 的话，在这之后的时光里
我们的思想就充满了混乱迷茫。

本·布尔本山下[1]

1

以圣人[2]之言发誓
环绕着麦罗奥克湖[3]的轻波
阿特拉斯的女巫知道[4]，
圣贤开言，令晨鸡啼鸣。

以这些骑士、女人发誓[5]
他们的形容超凡绝世，
那群脸色苍白、面容憔悴的人

呈现不朽的神情
赢得的完美的激情；
此刻他们踏着寒冬的黎明
驰过本·布尔本山景[6]。

以下是它们讲话的要点。

2

很多时候，生死
在这两个永恒之间轮回，
民族的未来，灵魂的前世[7]，
古老的爱尔兰对此了如指掌。
无论是寿终正寝
还是被击毙，
瞬间离开亲人
是最可怕的事。

虽然掘墓人苦作悠长，
他们的铁锹锋利，肌肉强壮
他们不过是把埋葬的人
重新送回到人类的思想中[8]。

3

你是听过米切尔[9]祈祷的人，
"主啊，就让我们的时代开战吧！"
要知道当所有的话都说尽的时候
当战斗至狂的时候，
久瞎的眼睛会发光，
残缺的心灵能完美，
有那么一瞬，感到自在，
放声大笑，心平气和。
即使最聪明的人也会在使命
将尽之时、伙伴选择之前
因激动，
心里变得紧张起来。

目次

V

Irish poets,learn your trade,
Sing whatever is well made,
Scorn the sort now growing up
All out of shape from toe to top,
Their unremembering hearts and heads
Base-born products of base beds.
Sing the peasantry,and then
Hard-riding country gentlemen,
The holiness of monks,and after
Porter-drinkers'randy laughter;
Sing the lords and ladies gay
That were beaten into the clay
Through seven heroic centuries;
Cast your mind on other days
That we in coming days may be
Still the indomitable Irishry.

VI

Under bare Ben Bulben's head
In Drumcliff churchyard Yeats is laid.
An ancestor was rector there
Long years ago,a church stands near,
By the road an ancient cross.
No marble,no conventional phrase;
On limestone quarried near the spot
By his command these words are cut:

　　Cast a cold eye
　　On life,on death.
　　Horseman,pass by!

4 September,1938

CONTENTS

IV

Poet and sculptor, do the work,
Nor let the modish painter shirk
What his great forefathers did,
Bring the soul of man to God.
Make him fill the cradles right.

Measurement began our might:
Forms a stark Egyptian thought,
Forms that gentler Phidias wrought.

Michael Angelo left a proof
On the Sistine Chapel roof,
Where but half-awakened Adam
Can disturb globe-trotting Madam
Till her bowels are in heat,
Proof that there's a purpose set
Before the secret working mind:
Profane perfection of mankind.

Quattrocento put in paint
On backgrounds for a God or Saint
Gardens where a soul's at ease;
Where everything that meets the eye,
Flowers and grass and cloudless sky,
Resemble forms that are or seem
When sleepers wake and yet still dream,
And when it's vanished still declare,
With only bed and bedstead there,
That heavens had opened.
                    Gyres run on;
When that greater dream had gone
Calvert and Wilson, Blake and Claude,
Prepared a rest for the people of God,
Palmer's phrase, but after that
Confusion fell upon our thought.

The Wind Among The Reeds，1899

芦苇间的风，1899 年

THE POEMS OF

W.B. YEATS

Selected, edited, and introduced by

WILLIAM YORK TINDALL

Illustrated with drawings by

ROBIN JACQUES

Under Ben Bulben

I

Swear by what the sages spoke
Round the Mareotic Lake
That the Witch of Atlas knew,
Spoke and set the cocks a-crow.

Swear by those horsemen,by those women
Complexion and form prove superhuman,
That pale,long-visaged company
That air in immortality
Completeness of their passions won;
Now they ride the wintry dawn
Where Ben Bulben sets the scene.

Here's the gist of what they mean.

II

Many times man lives and dies
Between his two eternities,
That of race and that of soul,
And ancient Ireland knew it all.
Whether man die in his bed
Or the rifle knocks him dead,
A brief parting from those dear
Is the worst man has to fear.
Though grave-diggers' toil is long,
Sharp their spades,their muscles strong
They but thrust their buried men
Back in the human mind again.

III

You that Mitchel's prayer have heard,
"Send war in our time,O Lord!"
Know that when all words are said
And a man is fighting mad,
Something drops from eyes long blind,
He completes his partial mind,
For an instant stands at ease,
Laughs aloud,his heart at peace.
Even the wisest man grows tense
With some sort of violence
Before he can accomplish fate,
Know his work or choose his mate.

Under Ben Bulben

I

Swear by what the sages spoke
Round the Mareotic Lake
That the Witch of Atlas knew,
Spoke and set the cocks a-crow.

Swear by those horsemen, by those women
Complexion and form prove superhuman,
That pale, long-visaged company
That air in immortality
Completeness of their passions won;
Now they ride the wintry dawn
Where Ben Bulben sets the scene.

Here's the gist of what they mean.

II

Many times man lives and dies
Between his two eternities,
That of race and that of soul,
And ancient Ireland knew it all.
Whether man die in his bed
Or the rifle knocks him dead,
A brief parting from those dear
Is the worst man has to fear.
Though grave-diggers' toil is long,
Sharp their spades, their muscles strong,
They but thrust their buried men
Back in the human mind again.

125

d by

DALL

ngs by

QUES

THE HERITAGE PRESS
NEW YORK

目次

Later Poems, 1902—1938

晚年的诗，1902 — 1938 年

3，

凯瑟琳伯爵夫人（*The Countess Cathleen*）：叶芝早期剧作《凯瑟琳女伯爵》叙述了女伯爵凯瑟琳为拯救爱尔兰饥民，把自己的灵魂出卖给魔鬼，最终被上帝拯救的故事。

4，

我亲爱的（*my dear*）：隐指茅德·冈。

5，

叶芝早期诗剧《在波伊拉的海滩上》，叙述了古爱尔兰红枝英雄传奇中最伟大的武士英雄库丘林因误杀亲生儿子而发疯与大海搏斗的故事。库丘林与海浪搏斗时，剧中的傻子和瞎子，却溜到烤炉边偷吃面包。传奇源自爱尔兰神话故事中的“库丘林故事”：库丘林拔刀与大海为战，即使不能战胜大海，也丝毫不减决心，这是爱尔兰民族独立运动的精神写照。

6，

叶芝在 1906 年至 1914 年间担任艾比剧院经理。他忙于日常事务，忽视了精神生活。

7，

叶芝述及的形象，存在于精神世界，始于内心（情感），因此无法接近。他被遗弃在经验（理智）的垃圾之中，不再被梦救赎。

注

1,

马戏团的动物, 隐指叶芝早期作品中的形象。

1926 年, 叶芝在信中感叹: "诗歌对我而言始终是一种折磨。"他多次抱怨创作的"压力"。

在这篇《马戏团动物的逃逸》中, 他提到连续六周都想不出一个主题, 文思枯竭, 只能等待, 直到诗思再次"充满"头脑。虽有时由于其他工作的压力, 他感到无法写诗, 却能觉察到各类主题在脑海不断闪现。他将"片段""梗概"记录下来, 提炼诗的主题使其成为诗行。这种过程让他备受折磨。

叶芝深信, 深邃充满激情的内心世界是写作的先决条件。诗是诗人与自我的争执, 是诗力图表达的争执。表达完全取决于诗人技艺的高下。

他强调诗艺必备的三个品质:

第一, 诗句听起来应当如"演说词";

第二, 遣词造句, 尽量遵循"自然的秩序";

第三, 以情感为纽带, 使各部分"浑然一体"。

"我竭尽所能寻求最自然的秩序, 尽量朴素地表达我的想法, 一旦想法变得诗意后, 现代人就觉得晦涩难懂。"有诗歌爱好者寄给他一些作品, 叶芝阅后回复: "这些诗的形式——情感的统一体——都不够完美, 获得情感统一体的诗才能经久不衰。"他主张诗人先掌握写诗的技巧, 而后随着年岁的增长, 便会积累一整套技术资源供使用, 最终达到情感统一的审美形式。

他认为风格须源自诗人创作以前的文学传统。

2,

三个迷人的岛屿(*three enchanted island*): 叶芝早期叙事诗《乌辛漫游记》中提到, 英雄乌辛被仙女尼亚芙诱引到青春之岛、黑塔之岛、遗忘之岛。

跋
——
文爱艺

马戏团动物的逃逸[1]

1

我寻找一个主题，却徒劳无功，
我天天都在寻找它，持续了六个星期。
也许最后，作为一个破碎的人，
尽管如此，我必须对我的心感到满意
冬去夏来直到垂暮开始
我的马戏团动物都在表演，
那些踩着高跷的男孩，擦亮战车，
狮子和女人，天知道是什么。

2

除了列举旧日的主题，我还能做什么？
先是那个海上骑手被牵着鼻子走
穿过三个迷人的岛屿[2]，寓言般的梦想，
徒劳的欢乐，徒劳的战斗，徒劳的休憩，
《苦涩之心》的主题，
可以用来装点老歌或宫廷献艺；
但我在乎的是让他驰骋，
我，渴望得到他仙女般新娘的怀抱？

然后一个相反的事实出现了，
我给它起名叫凯瑟琳伯爵夫人[3]；
她因怜悯而疯狂，献出了自己的灵魂，
但主宰的天堂介入把它救拯。
我想我亲爱的[4]一定要毁掉自己的灵魂，
狂热和仇恨奴役了它，
这带来了一个梦想，很快就实现了
这个梦本身就有我所有的思想和爱。

当傻子和瞎子偷了面包
库丘林与无羁的大海作战[5]；
心在那里神秘莫测，然而当一切都说出来
梦想本身令我着迷：
被契约孤立的性格
占据现在并支配记忆。
演员和彩绘舞台夺走了我所有的爱[6]，
而不是那些它们象征的东西。

3

那些精彩的画面是因为
在纯洁的心灵中成长，但从什么开始？
一堆垃圾或街道的清扫物，
旧水壶、旧瓶子和破罐子，
废铁、残骨、破布，那个掌管钱柜
胡言乱语的荡妇。现在我的梯子不见了，
我只能躺在梯子开始的地方，
迷失在心灵肮脏的破烂店里[7]。

The Circus Animals' Desertion

I

I sought a theme and sought for it in vain,
I sought it daily for six weeks or so.
Maybe at last,being but a broken man,
I must be satisfied with my heart,although
Winter and summer till old age began
My circus animals were all on show,
Those stilted boys,that burnished chariot,
Lion and woman and the Lord knows what.

II

What can I but enumerate old themes?
First that sea-rider Oisin led by the nose
Through three enchanted islands,allegorical dreams,
Vain gaiety,vain battle,vain repose,
Themes of the embittered heart,or so it seems,
That might adorn old songs or courtly shows;
But what cared I that set him on to ride,
I,starved for the bosom of his faery bride?

And then a counter-truth filled out its play,
The Countess Cathleen was the name I gave it;
She,pity-crazed,had given her soul away,
But masterful Heaven had intervened to save it.
I thought my dear must her own soul destroy,
So did fanaticism and hate enslave it,
And this brought forth a dream and soon enough
This dream itself had all my thought and love.

And when the Fool and Blind Man stole the bread
Cuchulain fought the ungovernable sea;
Heart-mysteries there,and yet when all is said
It was the dream itself enchanted me:
Character isolated by a deed
To engross the present and dominate memory.
Players and painted stage took all my love,
And not those things that they were emblems of.

III

Those masterful images because complete
Grew in pure mind,but out of what began?
A mound of refuse or the sweepings of a street,
Old kettles,old bottles,and a broken can,
Old iron,old bones,old rags,that raving slut
Who keeps the till. Now that my ladder's gone,
I must lie down where all the ladders start,
In the foul rag-and-bone shop of the heart.

CROSSWAYS
1889

Crossways[1], 1889

十字路口，1889 年

潘
Pan

9，

潘（Pan）：古希腊神话里的牧神，掌管牧羊、自然、山林、乡野。伴随潘的是自然神宁芙。牧神潘是赫尔墨斯的儿子，他有着人一样的头、身躯，山羊的腿、角、耳。潘后来被中世纪时期欧洲天主教妖魔化，成为恶魔的原形。潘喜欢吹排箫，他吹的排箫具有催眠的力量。潘生性好色，经常藏匿在树丛之中，等待自然宁芙们经过，然后上前求爱。在古希腊神话中，半人半羊的潘是创造力、音乐、诗歌与性爱的象征，同时也是恐慌与噩梦的标志。潘同时也是摩羯座的守护神。据说潘之死标志着异教世界的终结和耶稣基督的诞生。

此处潘的音乐，象征基督教文明之后对立文明的复兴。

忒提斯将阿喀琉斯浸入冥河中

星星被打着，
从它们的谷壳里灵魂被摔打了出来。[2]

——

威廉·布莱克[3]

阿喀琉斯一直以女孩的模样生活在宫中，并与得伊达弥亚公主结婚，生下一个儿子。后来由于特洛伊城久攻不下，希腊方的智慧担当奥德修斯便前往斯库罗斯岛寻找阿喀琉斯。阿喀琉斯长得十分俊美，在一群女孩当中没法分别，奥德修斯便采用"激将法"找出了他：他指挥希腊军队佯装要攻打斯库罗斯岛，宫中的臣民看见黑压压的希腊军队，纷纷收拾行李逃离这座城，只有一位女子像男人一样拿起武器朝外走去，准备战斗。由此，奥德修斯找出了阿喀琉斯。

找到阿喀琉斯，希腊阵营如获至宝，战斗力迅速提升，缩短了与特洛伊城墙的距离。阿喀琉斯脾气暴躁，在特洛伊城作战期间发过两次很大的火。

第一次是迈锡尼的国王迈伽门农夺走了阿喀琉斯的战利品女奴布里塞伊斯，这种行为使阿喀琉斯感到受到了莫大的侮辱。于是他愤然离营，并怒气冲冲地吼道："阿伽门农不来亲自道歉，绝不参加战斗。"双方都是位高权重的人，谁都不肯退让。后来，希腊联军节节败退，一度被特洛伊国王之子——赫克托耳带领的特洛伊军队打回岸边。即使阿伽门农派人去请求阿喀琉斯的原谅，他仍然不为所动。

最后，阿喀琉斯的好友帕特罗克洛斯不忍看见希腊联军死伤惨重，趁着阿喀琉斯在休闲娱乐时穿上他的铠甲，假扮成他的模样出战。此时希腊联军势力暴涨，时局顺势逆转。但不幸的是帕特罗克洛斯在与赫克托耳的决战中战败了，阿喀琉斯得知自己的好友被对方将领所杀，这引发了他的第二次愤怒。

带着好友逝世的悲痛，他只身一人来到特洛伊城楼下，宣称要与赫克托耳一决高下，为好友报仇。出于对国家集体利益的高度责任感，即使预感到自己会在战场上被阿喀琉斯杀死，赫克托耳依然决定出战，不畏牺牲。

在二人的较量结束之后，阿喀琉斯为了泄愤，将赫克托耳的尸体绑在战车后，拖着绕城三圈后才回到自己的阵营。特洛伊的国王普里阿摩斯为了赎回儿子的尸体，跪在阿喀琉斯面前。看见这样一位老人，阿喀琉斯心生怜悯，最终同意他们将赫克托耳的尸体带回特洛伊，并承诺在举办丧礼仪式期间绝不发动进攻。

在攻打特洛伊城的战争中，阿喀琉斯发挥了至关重要的作用，仅用两次战役就使原本胶着的战况向希腊军队大幅度倾斜。他数次使希腊联军反败为胜，并且杀死了特洛伊的守将赫克托耳。

因与太阳神阿波罗交恶，阿喀琉斯在与阿波罗交战的过程中，被阿波罗的暗箭射中脚踵而死。

后来，医学上就用阿喀琉斯之踵，代指脚后跟的某个部位，同时也用以比喻致命的弱点。

献给

——

艾·伊[4]

佩利乌斯和忒提斯的婚礼
The Wedding of Peleus and Thetis

8,

但忒提斯用肚子倾听（*But Thetis' belly listens*）：此节写胎儿。

忒提斯（*Thetis*），海洋女神，友善海神涅柔斯（*Nereus*）和大洋神女多里斯（*Doris*）的女儿，是他们女儿之中的最贤者。英雄阿喀琉斯的母亲。

阿喀琉斯（*Achilles*），古希腊神话中的英雄，海洋女神忒提斯和凡人英雄佩利乌斯之子，是一位半神英雄，荷马史诗《伊利亚特》中的主人公。

阿喀琉斯出生后，母亲忒提斯从命运女神处得知他将会战死。为了不让预言成真，她趁佩利乌斯不注意将阿喀琉斯整个身体浸入神河，但最终败露，结果就留下脚踝没有浸到。所以，阿喀琉斯除了脚踝，全身刀枪不入，诸神难侵。除此之外，忒提斯还将他秘密托付给斯库罗斯岛的国王，希望他能将阿喀琉斯藏在宫中并以女孩的身份养大成人。

弗里德里希·威廉·尼采
Friedrich Wilhelm Nietzsche
1844 年 10 月 15 日－ 1900 年 8 月 25 日

2,

金色怪物（golden codgers）：指乐土的居民，在此节中指老人。

3,

尼亚芙（Niamh）：姐奴部族中的美女。她把武士英雄兼诗人的乌辛诱引到她们"青春之乡"国度的青春之岛、黑塔之岛、遗忘之岛。

4,

普罗提努斯游泳至乐土，胸上的盐渍是海水干后所留。有论者认为是指其所患的麻风病症。

5,

新柏拉图主义神话中认为人死后的灵魂，由海豚驮往极乐之岛。

6,

《新约·马太福音》第 2 章第 16 节中提到，"无辜的人"指希律王为除掉基督耶稣而下令枉杀的婴儿。叶芝相信，死者会反向重历生前往事，然后再生，因之此诗的结构是老年、婴儿、胎儿的倒序。

7,

佩利乌斯（Peleus）：特萨利亚的英雄，天父宙斯的孙子，埃阿科斯之子，忒拉蒙的兄弟，特洛伊战争中希腊联军主将阿喀琉斯的父亲。在与阿喀琉斯母亲结婚时，得到一套精美的装备作为礼物。

在希腊神话中，特萨利亚的英雄佩利乌斯捉住仙女忒提斯并与之成婚。爱尔兰国家美术馆藏有《佩利乌斯和忒提斯的婚礼》（*The Wedding of Peleus and Thetis*）的油画。

注

1,

《十字路口》最初见于叶芝的《诗集》（*Poetry collection, 1895*）。诗集辑自《乌辛漫游记及其他诗作》（*The Wanderings of Oisin and Other Poems, 1889*）和《女伯爵凯瑟琳及各种传说和抒情诗》（*The Countess Kathleen and Various Legends and Lyrics, Irish Fairy Tales, 1892*），共 16 首。

2,

题记引自英国诗人威廉·布莱克（William Blake）的长诗《四天神》（*The Four Zoas*）。

3,

威廉·布莱克，英国文学史上最重要的浪漫主义诗人、版画家，虔诚的基督教徒。主要诗作有诗集《纯真之歌》（*Songs of Innocence*）、《经验之歌》（*Songs of Experience*）等。早期作品简洁明快，中后期作品趋向玄妙深沉，充满神秘色彩。 他一生与妻子相依为命，以绘画和雕版的劳酬过着简单平静的创作生活。后来叶芝等人重编了他的诗集，人们才惊讶于他的虔诚与深刻。随着他的书信和笔记陆续发表，他的神启式的伟大画作也逐渐被世人所知，作为诗人与画家的布莱克在艺术界的崇高地位从此确立。

4,

艾·伊（AE）是叶芝好友乔治·威廉·拉塞尔的笔名，他是爱尔兰作家、画家，对神学有着浓厚的兴趣，他的很多诗歌带有神秘色彩，反映出他对神智学的兴趣。他与叶芝及其他人一起领导了爱尔兰文艺复兴运动，参与创立了爱尔兰国家剧院。作为画家，他最有名的作品是多尼戈尔郡的风景画。

拉塞尔出生于爱尔兰的阿玛郡，就读于都柏林的瑞斯曼大学（*Rathmines School*）。他的第一部诗歌集《还乡随想曲》受到叶芝的赏识，叶芝将他推荐给爱尔兰农业组织协会的贺拉斯·普拉克特爵士。1897 年，拉塞尔成为该协会的组织者之一。他后来主编了《爱尔兰家园》（*My Irish Home, 1904 － 1923*）和《爱尔兰政客》（*The Irish Statesman, 1923 － 1930*）两本杂志。

他的诗歌作品有《天眼》（*The Divine Vision, 1904*），《诗集》（*Poetry collection, 1926*），《泰坦之家及其他》（*House of the Titans and Other Poems, 1934*）。散文作品有《爱尔兰散文几首》（*Some Irish Essays, 1906*）和《先见之明》（*The Candle of Vision, 1919*）。他还创作了剧本《迪尔德丽》（*Deirdre, 1907*）。

The Song of the Happy Shepherd

The woods of Arcady are dead,
And over is their antique joy;
Of old the world on dreaming fed;
Grey Truth is now her painted toy;
Yet still she turns her restless head:
But O, sick children of the world,
Of all the many changing things
In dreary dancing past us whirled,
To the cracked tune that Chronos sings,
Words alone are certain good.
Where are now the warring kings,
Word be-mockers?—By the Rood
Where are now the warring kings?
An idle word is now their glory,
By the stammering schoolboy said,
Reading some entangled story:
The kings of the old time are dead;
The wandering earth herself may be
Only a sudden flaming word,
In clanging space a moment heard,
Troubling the endless reverie.

Then nowise worship dusty deeds,
Nor seek, for this is also sooth,
To hunger fiercely after truth,
Lest all thy toiling only breeds
New dreams, new dreams; there is no truth
Saving in thine own heart. Seek, then,
No learning from the starry men,
Who follow with the optic glass
The whirling ways of stars that pass—
 Seek, then, for this is also sooth,
No word of theirs—the cold star-bane
Has cloven and rent their hearts in twain,
And dead is all their human truth.
Go gather by the humming sea
Some twisted, echo-harbouring shell,
And to its lips thy story tell,
And they thy comforters will be,
Rewarding in melodious guile
Thy fretful words a little while,
Till they shall singing fade in ruth
And die a pearly brotherhood;
For words alone are certain good:
Sing, then, for this is also sooth.

I must be gone: there is a grave
Where daffodil and lily wave,
And I would please the hapless faun,
Buried under the sleepy ground,
With mirthful songs before the dawn.
His shouting days with mirth were crowned;
And still I dream he treads the lawn,
Walking ghostly in the dew,
Pierced by my glad singing through,

注

1，

德尔菲（*Archaeological Site of Delphi*）：重要的"泛希腊圣地"，是所有古希腊城邦共同的圣地。这里供奉着"德尔菲的阿波罗"（*Appollon pythien*），著名的德尔菲神谕就在这里颁布。德尔菲位于福基斯，现已列入联合国教科文组织的世界遗产名录。

德尔菲神谕（*Delphic Oracle*）：3000 年前，希腊德尔菲神庙阿波罗神殿门前有三句石刻铭文：认识自己、凡事勿过度、妄立誓则祸近。

这三句话引起过无数智者的深思，被奉为"德尔菲神谕"。

"认识自己"是其中最有名的三句箴言之一。

根据第欧根尼·拉尔修（*Diogenēs Laertius*）的记载，有人问泰勒斯："何事最难为？"他应道："认识自己。"（《名哲言行录》卷一）

第欧根尼·拉尔修
Diogenēs Laertius

弗里德里希·威廉·尼采（*Friedrich Wilhelm Nietzsche*）在《道德的谱系》（*Zur Genealogie der Moral*）的前言中说："我们无可避免跟自己保持陌生，我们不明白自己，我们搞不清楚自己，我们的永恒判词是：'离每个人最远的，就是他自己。'——对于我们自己，我们不是'知者'……"

德尔菲神谕是希腊人的精神支柱，有助于克服战争所造成的严重困难。

给德尔菲神谕[1] 的消息

1

所有的金色怪物[2]都躺在那里，
那里有银色的露珠，
浩渺之水为爱叹气，
风也叹息。
勾引男子的尼亚芙[3]倾身
在草地的乌辛身上哀叹；
高大的毕达哥拉斯
在爱的合唱团中悲鸣。
普罗提努斯过来四处张望，
盐渍从他胸前脱落[4]，
伸了个懒腰打了个哈欠
躺着像其他人一样叹息。

2

各自骑在海豚的背上[5]
抓鳍稳坐，
那些无辜的人死而复生[6]，
他们的伤口再度破裂。
欣喜若狂的海水大笑
因为他们的呼声甜美而奇怪，
通过祖先的舞蹈模式，
野性的海豚跳入水中
直到，在悬崖遮蔽的海湾
爱的合唱团涉水相迎
献上神圣的桂冠，
他们卸下负担。

3

一个被仙女剥光的青春少年，
佩利乌斯[7]凝视着忒提斯。
她的肢体像眼皮一样娇嫩，
爱用眼泪蒙蔽了他的双眼；
但忒提斯用肚子倾听[8]。
沿着山岩峭壁
潘[9]的洞穴所在之处
无法忍受的绝妙音乐之瀑倾泻。
肮脏的羊头，残暴的手臂，
肚皮，肩膀，屁股，
闪光如鱼；仙女和萨提尔
在水花中交配。

丑陋的羊头、兽类的手臂、
肚皮、肩膀、屁股，
闪现似鱼；众仙女与半羊怪
在那水花里交媾。

My songs of old earth's dreamy youth:
But ah! she dreams not now;dream thou!
For fair are poppies on the brow:
Dream,dream,for this is also sooth.

阿卡迪[2]的丛林已死，
结束了他们古朴的欢乐；
旧世界沉迷于梦想；
如今灰色真理是她涂彩的玩具[3]；
然而，她仍不安地茫然四顾：
但是啊，世界上生病的孩子们，
在那些所有变化的事物中
沉闷地从我们身边飞过，
光阴之歌撕天裂地[4]，
此时唯有辞章真正美丽。

交战的国王现在在哪儿，
你们嘲笑文治，只认武功，
英雄豪杰现在在哪儿呢？
一句空话就是他们的荣耀，
口吃少儿传送跌宕的诗篇，
困惑不解而随意地感叹：
昔日英雄的光荣；
如今已烟消云散
漂泊在大地上只不过是一颗流星，
惊扰着绵绵无尽的梦境。

不要崇拜如尘的功名，
也不要寻求，功名仅是抚慰，
如饥似渴地追求真理，
唯恐你辛勤劳碌一生只会滋生
新的梦幻，梦一场；这里没有真相，
心中空空如也。去寻找吧，
但别向占星家学习，
他们不过是借助望远镜跟踪
观测生灭不息的繁星——
那么，去寻找吧，因为这也是真理，
但不要相信他们——灾星的寒光，
已把他们的心劈成碎片，
他们已在真理中死亡。
去到那浅吟低唱的海边汇聚
对着扭曲回声掩藏着的贝壳，
在它的唇间诉说你的故事，
他们将是你的慰藉，
以悠扬迷人的回音奖励
你那烦躁的话语一会儿，
直到他们的歌声在怜悯中消逝
在珍珠般的兄弟情谊中死去；
因为唯有辞章真正美丽：
那么唱吧，因为这也是真理。

我必须走了，有一座墓穴
那里摇曳着水仙和百合，
我要在黎明前用兴高采烈的歌声，
让沉睡在地下的，
不幸的牧神欢喜。
他欢快的日子已结束；
我仍梦见他踏着草丛，
在露水中幽灵般地走来，
被我的欢歌穿透，

News for the Delphic Oracle

I

There all the golden codgers lay,
There the silver dew,
And the great water sighed for love,
And the wind sighed too.
Man-picker Niamh leant and sighed
By Oisin on the grass;
There sighed amid his choir of love
Tall Pythagoras.
Plotinus came and looked about,
The salt-flakes on his breast,
And having stretched and yawned awhile
Lay sighing like the rest.

II

Straddling each a dolphin's back
And steadied by a fin,
Those Innocents re-live their death,
Their wounds open again.
The ecstatic waters laugh because
Their cries are sweet and strange,
Through their ancestral patterns dance,
And the brute dolphins plunge
Until, in some cliff-sheltered bay
Where wades the choir of love
Proffering its sacred laurel crowns,
They pitch their burdens off.

III

Slim adolescence that a nymph has stripped,
Peleus on Thetis stares.
Her limbs are delicate as an eyelid,
Love has blinded him with tears;
But Thetis' belly listens.
Down the mountain walls
From where Pan's cavern is
Intolerable music falls.
Foul goat-head, brutal arm appear,
Belly, shoulder, bum,
Flash fishlike; nymphs and satyrs
Copulate in the foam.

他兴高采烈大吼的日子已被加冕；
我歌唱古老大地梦幻的青春：
可是啊！她如今不做梦了；你梦吧！
因为山眉上的罂粟花儿[5]正在美丽：
梦吧，梦吧，因为这也是真理。

The Song of the Happy Shepherd

The woods of Arcady are dead,
And over is their antique joy;
Of old the world on dreaming fed;
Grey Truth is now her painted toy;
Yet still she turns her restless head:
But O, sick children of the world,
Of all the many changing things
In dreary dancing past us whirled,
To the cracked tune that Chronos sings,
Words alone are certain good.
Where are now the warring kings,
Word be-mockers?—By the Rood,
Where are now the warring kings?
An idle word is now their glory,
By the stammering schoolboy said,
Reading some entangled story:
The kings of the old time are dead;
The wandering earth herself may be
Only a sudden flaming word,
In clanging space a moment heard,
Troubling the endless reverie.

3

注

1,

本诗于 1885 年发表于《都柏林大学评论》（1885 年 10 月）。初题为《雕像之岛和寻求者的尾声——手执海螺的山林之神的独白》，后题为《最后的阿卡狄亚人之歌》。《雕像之岛》是叶芝的一部诗剧，《寻求者》是一首戏剧诗。

挨骂的疯女简 [1]

我不在乎水手们说什么：
那些可怕的雷电，
那些遮天的风雨
不过是表明天堂在打哈欠；
伟大的欧罗巴 [2] 扮演了傻瓜
她用情郎换了头公牛。
继续，继续。

绕着壳的螺旋，
装饰着每一条秘密的轨迹
与娇嫩的珍珠母，
让天堂的接缝裂开：
所以永远不要把你的心挂在
咆哮、夸夸其谈的出师的学徒工身上。
继续，继续。

注

1,

本诗作于 1929 年 3 月 27 日，原题是《怪罪疯狂的玛丽》（*Blamed crazy Mary*）。

2,

欧罗巴（*Europa*）：希腊神话中的腓尼基公主，国王阿革诺耳（*Agenor*）的女儿。被爱慕她的宙斯化为公牛劫持到了另一个大陆克里特，生下弥诺斯（*Minos*）和拉达曼堤斯（*Rhadamanthys*）。这个大陆后来被取名为欧罗巴，也就是现今的欧洲。根据神话，欧罗巴是欧洲最初的人类，也就是说欧洲人都是她的孩子。

I care not what the sailors say:
All those dreadful thunder-stones,
All that storm that blots the day
Can but show that Heaven yawns;
Great Europa played the fool
That changed a lover for a bull.
Fol de rol,fol de rol.

To round that shell's elaborate whorl,
Adorning every secret track
With the delicate mother-of-pearl,
Made the joints of Heaven crack:
So never hang your heart upon
A roaring,ranting journeyman.
Fol de rol,fol de rol.

2,

阿卡迪（*Arcady*）：即阿卡迪亚，是古希腊南部的一个山区，是希腊二级行政区，当地居民以牧猎为生。在古希腊文学和艺术中，这里被视为黄金时代淳朴的田园乌托邦，故也被称为乌托邦，是传说中世界的中心位置。这里风景优美、地理位置优越，靠近莱纳堡和贝祖山。传说当人们之间的互相压迫、剥削消失时，这里将再次变成人间天堂。传说尼古拉斯·普桑和索尼埃在此发现一个秘密，他们发现一座墓碑上写着一句死神说的话："我也在阿卡迪亚！"（*Et in Arcadia Ego!*）这使阿卡迪亚充满神秘色彩。阿卡迪亚也是古希腊众神使者赫尔墨斯的出生地。

3,

如今灰色真理是她涂彩的玩具（*Grey Truth is now her painted toy*）：灰色真理，指世俗或科学真理。叶芝认为真理有两种：客观真理和主观真理。客观真理是关于物质的，是暂时的、相对的，主观真理是关于人灵魂的，是永恒的、绝对的。只有主观真理才值得追求。

4,

光阴之歌撕天裂地（*To the cracked tune that Chronos sings*）：直译是"随着柯罗诺斯唱出的破曲滥调"。柯罗诺斯（古希腊文：Χρόνος，英文：*Chronos/Khronos*）是古希腊神话中的一位原始神，代表着时间，在《二十四行圣辞》中为时间神，也是三大主流教派之一的俄尔甫斯教（也称奥尔弗斯教）崇拜的原始神，被认为是创世神法涅斯之父。除了古希腊神话，在腓尼基文明中，柯罗诺斯也被当作宇宙一切的起源。

柯罗诺斯是无形、无相的哲学概念。但在"*Hiéronymos/Hellanikos*"神谱中，柯罗诺斯以龙的形象出现——拥有人头、牛头、狮子头以及长长的龙躯。他的配偶阿南刻集自然和阿德拉斯忒亚（*adrasteia*，不可避免的）于一体（自然和阿德拉斯忒亚是阿南刻呈现的两个形态），并与柯罗诺斯相连，覆盖整个世界。

柯罗诺斯也称赫拉克勒斯。斯多亚学派认为柯罗诺斯的力量维系整个宇宙，当他的力量耗尽时（即一个大年的结束），宇宙会被火海吞噬，柯罗诺斯也将回归最初的火中（此火也称命运、自然和宙斯）。这与赫拉克勒斯完成伟业后死于火中的情节类似，于是二者常被等同。在希腊和罗马的马赛克艺术作品中，他被描述成一个转动黄道带的神，名字是伊恩（*Aeon*）。在近代艺术作品中，他通常以手执镰刀的老人形象出现。

5,

罂粟花儿（*poppies*）：睡眠的象征。

The Indian upon God

I passed along the water's edge below the humid trees,
My spirit rocked in evening light, the rushes round my
knees,
My spirit rocked in sleep and sighs; and saw the moorfowl
pace
All dripping on a grassy slope, and saw them cease to chase
Each other round in circles, and heard the eldest speak:
Who holds the world between His bill and made us strong
or weak
Is an undying moorfowl, and He lives beyond the sky.
The rains are from His dripping wing, the moonbeams
from His eye.
I passed a little further on and heard a lotus talk:
Who made the world and ruleth it, He hangeth on a stalk,
For I am in His image made, and all this tinkling tide
Is but a sliding drop of rain between His petals wide.
A little way within the gloom a roebuck raised his eyes
Brimful of starlight, and he said: The Stamper of the Skies,
He is a gentle roebuck; for how else, I pray, could He
Conceive a thing so sad and soft, a gentle thing like me?
I passed a little further on and heard a peacock say:
Who made the grass and made the worms and made my
feathers gay,
He is a monstrous peacock, and He waveth all the night
His languid tail above us, lit with myriad spots of light.

13,

由火焰引发的火焰（*flames begotten of flame*）：传说拜占庭街角有磷火，可涤除死魂灵身上的不洁。

14,

日本能乐剧中，有少女在想象的罪恶之火中挥袖而舞。叶芝在此处借指尘世之火。

15,

在西方传说中，人死后灵魂由海豚驮往极乐之岛。

16,

工匠们冲破了洪水（*The smithies break the flood*）：喻指艺术的创造者抵御人欲的进攻。

17,

舞池里的大理石（*Marbles of the dancing floor*）：艺术的象征。

18,

新的意象（*Fresh images*）：指尚未脱离轮回之劫的灵魂。

19,

大海（*Sea*）：指人类的情感之海。

印度人向上帝祈祷 [1]

我沿着潮湿的树下的水边走过，
我的灵魂在暮色中摇曳，灯芯草环绕着我的膝盖，
我的灵魂在睡梦中摇曳叹息；看到沼鸟在踱步
全都滴在草坡上，看着他们停止追逐
彼此围成一圈，听老大说：
谁把世界夹在他的喙之间，让我们强弱
是一只不死的鸵鸟，他生活在九天之外。
雨水来自他滴水的翅膀，月光来自他的眼睛。
我又往前走了一点，听到了荷花的谈话：
他创造世界并统治世界，他悬挂在一根杆子上，
因为我是在他的形象中被创造的，还有这一切叮当作响的潮水
只不过是一滴滑落在花瓣间的雨。
在黑暗中不远处，一只羚羊抬起了满含
星光的眼睛，他说：天空的喧嚣，
他是一只温柔的雄鹿；我祈祷，他还能怎样呢
想象一个如此悲伤和温柔的东西，一个像我这样温柔的东西？
我往前走了一点，听到一只孔雀说：
他使草生虫，使我的羽毛欢快，
他是一只可怕的孔雀，整夜摇摆不定
他懒洋洋的尾巴在我们头顶上，闪烁着无数的光点。

注

1,

本诗作于1886年，最初发表于《都柏林大学评论》（1886年10月），1889年收入《乌辛漫游记及其他诗作》，题为《印度人甘婆论上帝》。

The Indian to His Love

The island dreams under the dawn
And great boughs drop tranquillity;
The peahens dance on a smooth lawn,
A parrot sways upon a tree,
Raging at his own image in the dim enamelled sea.

Here we will moor our lonely ship
And wander ever with woven hands,
Murmuring softly lip to lip,
Along the grass, along the sands,
Murmuring how far off are the unquiet lands:

How we alone of mortals are
Hid under quiet boughs apart,
While our love grows an Indian star,
A meteor of the burning heart,
One with the glimmering tide, the wings that glimmer and
gleam and dart,

The heavy boughs, the burnished dove
That moans and sighs a hundred days:
How when we die our shades will rove,
Where eve has hushed the feathered ways,
And drop a vapoury footsall in the tide's drowsy blaze.

6,

哈迪斯（*Hades*）：古希腊传说中的虚构人物，是冥界之王，同时还是掌管瘟疫的神。他是第二代神王神后克洛诺斯和瑞亚的长子，是波塞冬和宙斯的大哥，在部分版本中是奥林匹斯十二主神之一。他的配偶是宙斯与德墨忒尔的女儿珀耳塞福涅。在古希腊人眼里他是一个令人敬畏的神。哈迪斯的线轴喻灵魂，它降生人世而缠绕上"经验"（尸布），因为生对于灵魂意味着自由的丧失、监禁或死亡。解开缠绕的"道路"（生命），则意味着脱离尘世，回到永恒。

7,

气喘吁吁的或许才能召唤（*Breathless mouths may summon*）：无生死的精灵召唤灵魂，回归永恒。

8,

生中之死，死中之生（*death-in-life and life-in-death*）：在活在世上的人看来，精灵之影是死的；但从永恒的观点看，它却是活的，而世上之人是死的。

9,

手工艺品（*handiwork*）：艺术品是不朽的象征，它藐视自然和人类。

10,

地狱的雄鸡（*the cocks of Hades*）：古罗马人的墓碑上刻有雄鸡，为再生之先导。

11,

泥沼或鲜血（*mire or blood*）：苏维托尼乌斯（*Gaius SuetoAnius Tranquillus*），罗马帝国早期著名的历史作家。他所著的《罗马十二帝王传》中记录了罗马早期 12 位皇帝在位期间发生的事。《罗马十二帝王传·提比略传》载："提比略的老师骂他：'携和着血的污泥。'"

12,

皇帝的御道（*Emperor's pavement*）：君士坦丁广场（*Forum of Constantine*）是一座位于君士坦丁堡的广场，建于拜占庭古城墙外，总体呈圆形。广场东西两侧建有两个巨门，中心是君士坦丁纪念柱，它历经千年屹立至今。广场在 1203 年遭到第四次十字军士兵的纵火破坏，装饰广场的古代雕塑也在 1204 年的洗劫中被十字军融化。君士坦丁堡广场上有镶嵌图案的通道，为艺术的象征。

拜占庭帝国本为罗马帝国的东半部，较为崇尚希腊文化，与西罗马帝国分裂后，逐渐发展为以希腊文化、希腊语和及后的东正教为立国基础的国家。希腊为拜占庭帝国的核心组成部分，塑造了现代希腊的文化认同，并将希腊传统传播至正教世界。

620 年，希拉克略皇帝首次让希腊语取代拉丁语，成为帝国的官方语言，使得拜占庭帝国成为不同于古罗马和西罗马帝国的国家。

拜占庭帝国的都城君士坦丁堡是在希腊古城拜占庭的基础上建立起来的，起初其疆域包括巴尔干半岛、小亚细亚、叙利亚、巴勒斯坦、埃及、美索不达米亚及外高加索的一部分。到了皇帝查士丁尼在位时，又将北非以西、意大利和西班牙的东南并入版图。

554 年，拜占庭帝国击败法兰克王国，国力达到顶峰。

1204 年，拜占庭帝国的首都君士坦丁堡曾在第四次十字军东征中被攻陷，直到 1261 年才被收复。

1453 年 5 月 29 日，奥斯曼帝国苏丹穆罕默德二世率军攻入君士坦丁堡，拜占庭帝国正式灭亡。

2，

白天未被净化的景象（*The unpurged images of day*）：物质世界的浮象。

3，

夜行者的歌声（*night-walkers' song*）：妓女的拉客声。

4，

教堂（*cathedral*）：指东罗马皇帝查士丁尼大帝于 532 － 537 年间在拜占庭修建的圣索菲亚大教堂（*Hagia Sophia*）。他在位时，多次发动对外战争，征服北非汪达尔王国、意大利东哥特王国，领土逐渐扩大。他下令纂成的《查士丁尼法典》等四部法典（总称《国法大全》）为罗马法的重要典籍，对后世法律影响很大。

5，

幻影（*image*）：指超脱轮回之劫，无生死的"精灵"，它引领灵魂走向永恒。

印度人致爱人 [1]

小岛在黎明之梦里流连
巨树谧谧的垂枝撒下宁静；
花孔雀在柔滑的草坪上舞蹈，
一只鹦鹉在树上摇曳，
对自己在昏暗漆海中的倒影狂怒。

我们在此停泊我们的孤独之舟
紧握的双手缠绵着漫步，
唇对唇轻声低语，
沿着草地，沿着沙滩，
低声诉说着，这片不平静的土地有多远：

我们是孤独的凡人
躲闪在幽静的树荫里，
当我们的爱成长为一颗印度之辰 [2]，
一颗炽焰之心燃烧的流星，
闪烁着波光粼粼的潮汐，展翅发光，

沉重的树枝，洁白亮丽的鸽子
长达百日的呻吟和叹息：
当夕阳令黄昏的羽翼静寂，
潮雾在昏昏欲睡的火焰中依稀幻影，
我们死去的阴魂将如何飘移。 [3]

注

1,

本诗作于 1886 年，最初发表于《都柏林大学评论》（1886 年 12 月），原题为《印度歌曲》（An Indian song）。在第一节后还有一节："做梦的'时光'丢下镰刀，'生命'脱下疾行之鞋，年轻光艳的'快乐'不再风骚，'爱情'和善又不欺瞒，人生已尽弃了甜言和蜜语。"

2,

印度之辰（Star of India）：世界上排名第二的星光蓝宝石，排名第一的是"亚当之星"。它比高尔夫球还要大，重 563.35 克拉，直径 6.35 厘米。

印度之辰，300 年前采于锡兰岛（今斯里兰卡）。19 世纪末，美国金融家 J.P 摩根为在巴黎的世界博览会上显示其富有，花 20 万美元从私人收藏家手中买了一批宝石，在会上展出，"印度之辰"就是其中的一颗。美国纽约自然历史博物馆创建不久时，摩根将宝石全部捐赠给博物馆。在陈列室内，与"印度之辰"媲美的还有采自锡兰岛的 116.75 克拉的"深夜之星"蓝宝石，以及出自缅甸的 100.32 克拉的红宝石。

1964 年 10 月 28 日，这颗珍贵的宝石被窃，所幸在几个月之后被找回。宝石被盗走，主要是因警报系统和宝石厅内的看守人员都因节约而被取消。由于保险费高昂，宝石也没有买保险。

3,

本诗首段描述抵达小岛时所见的景象。黎明，小岛还在梦中流连，树枝撒下宁静。孔雀在柔滑的草坪上跳舞，鹦鹉在树间蹦跳，对着自己在海上的倒影咆哮。海水清、静，映出鹦鹉的倒影。

第二段，想象孤独（lonely）的船停在这里。"lonely"比"alone"更能体现内心的孤独感，不仅是孤单、独自（alone）的意思。船是不会感到孤独的，是他们远离喧嚣抵达此地，不自觉地流露出孤独。上岸后，他们十指相握地漫步着，唇对唇轻声地低语，沿着草地，沿着沙滩，低喃着喧哗纷扰之地有多远。

第三段，他们低语。凡人独居于此，藏于树枝庇护之下，我们的爱衍生出一颗印度之星。这是燃烧着内心的流星，有着闪烁的光流和不断前行发光的羽翼。独居在这样的宁静之地，受自然的洗涤，想象着心灵的纯净与富足。

末段，看着周围沉重的枝干，洁白无瑕的鸽子呻吟叹息：他们死去的时候，灵魂在此飘荡，黄昏已至，他们模糊的足印，倦倦地在水的光波里飘移。

注

1,

1930 年 4 月，叶芝在一则日记里记录了此诗的萌芽："描述拜占庭，根据系统，时间设定在第一个基督信仰千年周期的末尾。一具行走的木乃伊，街角鬼魂净化的火焰，在金树上歌唱的锤金制成的金鸟，在港口，用它们的背载那些恸哭的死者去往天堂。这些主题在我脑海中存在一段时间了，尤其是最后一个。"

1930 年 10 月，叶芝将此诗的一份誊抄稿送给 T. 斯特奇·摩尔，并解释说这首诗是由摩尔对于《驶向拜占庭》一诗的批评引发的："你曾反对说那首诗结尾处由工匠制作的金鸟和别的东西一样也是自然之物。这让我感到这个想法需要进一步的解释。"

以上可知，相对于《驶向拜占庭》中满月月相下的拜占庭，《拜占庭》中的时间背景被推后了五百年，来到了基督信仰两千年循环之第十五月相时期。朝向"对应极"的古典文化已衰落似暗夜星光，朝向"原始极"的宗教信仰力量达到了鼎盛，星光下大教堂的钟声响彻海面。

此篇作于 1930 年 9 月。"拜占庭"象征艺术和灵魂的圣地。叶芝认为灵魂不断轮回再生，逐渐达到不朽境地；每次再生前，须经净化。此篇写的正是灵魂超脱轮回，走向永恒之前的最后一次净化。

拜占庭帝国即东罗马帝国，共历经 12 个朝代，93 位皇帝，是欧洲历史最悠久的君主制国家。

395 年 1 月 17 日，罗马帝国皇帝狄奥多西一世逝世。临终前，他将帝国东西部分与两个儿子继承。其中的东罗马帝国延续了近千年之久，在此期间它一般被人简单地称为"罗马帝国"（Imperium Romanum）。

拜占庭[1]

白天未被净化的景象[2]渐渐消失；
皇帝烂醉的士兵在沉睡；
夜色渐行渐远，夜行者的歌声[3]
随着教堂[4]的钟声沉寂；
星辉或月光照耀的穹顶都不屑于
人类的一切，
所有这些都是凡躯聚合的，
人类血脉里的怒气和泥淖。

我的面前飘荡着一个幻影[5]，人或魂，
比人更阴暗，比影子更形象；
哈迪斯[6]缠着裹尸布的线轴
可以解开蜿蜒的小路；
没有水汽也无呼吸的嘴
气喘吁吁的或许才能召唤[7]；
我向超人致敬；
我称之为生中之死，死中之生[8]。

奇迹，鸟或金色的手工艺品[9]，
比鸟或手工艺品更神奇，
栖止于星光闪耀的金枝上，
可以像地狱的雄鸡[10]一样啼叫，
或者，借着月亮的苦涩，身披
不朽的金属的光耀
大声嘲笑红尘的花鸟
以及人世所有复杂的泥沼或鲜血[11]。

午夜时分，在皇帝的御道[12]上飞来飞去
没有柴薪，也没有钢镰点燃，
风暴也不会扰乱，由火焰引发的火焰[13]，
血光生灵来到此间
所有愤怒的杂思狂情都消散了，
在舞蹈中死去，
恍惚的痛苦，
火焰之楚烤不焦衣袖[14]。

在海豚的泥潭和鲜血中漫步[15]，
鱼贯而入的幽灵！工匠们冲破了洪水[16]，
皇帝的金匠！
舞池里的大理石[17]
截断繁芜的情感浊流，
那些幻影
仍在产生新的意象[18]，
海豚被撕裂，钟声折磨着大海[19]。

1930 年

The Falling of the Leaves

Autumn is over the long leaves that love us,
And over the mice in the barley sheaves;
Yellow the leaves of the rowan above us,
And yellow the wet wild-strawberry leaves.

The hour of the waning of love has beset us,
And weary and worn are our sad souls now;
Let us part, ere the season of passion forget us,
With a kiss and a tear on thy drooping brow.

Byzantium

The unpurged images of day recede;
The Emperor's drunken soldiery are abed;
Night rese recedes,night-walkers' song
After great cathedral gong;
A starlit or a moonlit dome disdains
All that man is,
All mere complexities,
The fury and the mire of human veins.

Before me floats an image,man or shade,
Shade more than man,more image than a shade;
For Hades'bobbin bound in mummy-cloth
May unwind the winding path;
A mouth that has no moisture and no breath
Breathless mouths may summon;
I hail the superhuman;
I call it death-in-life and life-in-death.

Miracle,bird or golden handiwork,
More miracle than bird or handiwork,
Planted on the star-lit golden bough,
Can like the cocks of Hades crow,
Or,by the moon embittered,scorn aloud
In glory of changeless metal
Common bird or petal
And all complexities of mire or blood.

At midnight on the Emperor's pavement flit
Flames that no faggot feeds,nor steel has lit,
Nor storm disturbs,flames begotten of flame,
Where blood-begotten spirits come
And all complexities of fury leave,
Dying into a dance,
An agony of trance,
An agony of flame that cannot singe a sleeve.

Astraddle on the dolphin's mire and blood,
Spirit after spirit!The smithies break the flood,
The golden smithies of the Emperor!
Marbles of the dancing floor
Break bitter furies of complexity,
Those images that yet
Fresh images beget,
That dolphin-torn,that gong-tormented sea.

1930

Byzantium

The unpurged images of day recede;
The Emperor's drunken soldiery are abed;
Night resonance recedes, night-walkers' song
After great cathedral gong;
A starlit or a moonlit dome disdains
All that man is,
All mere complexities,
The fury and the mire of human veins.

Before me floats an image, man or shade,
Shade more than man, more image than a shade;
For Hades' bobbin bound in mummy-cloth
May unwind the winding path;
A mouth that has no moisture and no breath
Breathless mouths may summon;
I hail the superhuman;
I call it death-in-life and life-in-death.

Miracle, bird or golden handiwork,
More miracle than bird or handiwork,
Planted on the star-lit golden bough,
Can like the cocks of Hades crow,

117

落 叶 [1]

秋天把金光洒在爱我们的纤叶上，
穿行在麦堆里的小田鼠上；
染黄了，我们头顶上的花楸树，
染黄了潮湿叶瓣的野草莓。

凋零的爱情消损着我们，
我们悲伤的灵魂已疲惫；
消散吧，趁季节的激情尚未把我们遗忘，
让我把含泪的吻印在你低垂的额眉。

注

1,

本诗两节交叉韵，每行字数严从原诗音节，并分别以全韵谐之。

短小的八行，描述忧郁。

落叶象征着即将进入寒冬，描述了即将逝去的爱情激发出的一种感伤。

第三行和第四行，连续使用黄色表示忧郁，黄色在历史上经常与忧郁联系在一起。叶子坠落，让人感到正在死亡，失去力量、活力，这是对即逝爱情的完美隐喻。最后一行中的落泪和低垂的眉，完美地保持了这个象征性隐喻的一致性。

诗如此简单，却创造性地表达出了如此真挚的情感。

I sat on cushioned otter skin:
　My word was law from Ith to Emain,
And shook at Invar Amargin
　The hearts of the world-troubling seamen,
And drove tumult and war away
　From girl and boy and man and beast;
The fields grew fatter day by day,
　The wild fowl of the air increased;
And every ancient Ollave said,
While he bent down his fading head,
"He drives away the Northern cold."

They will not hush,the leaves a-flutter round me,the beech
leaves old.

I sat and mused and drank sweet wine;
　A herdsman came from inland valleys,
Crying,the pirates drove his swine
　To fill their dark-beaked hollow galleys.
I called my battle-breaking men,
　And my loud brazen battle-cars
From rolling vale and rivery glen;
　And under the blinking of the stars
Fell on the pirates by the deep,
And hurled them in the gulph of sleep:
These hands won many a torque of gold.

They will not hush,the leaves a-flutter round me,the beech
leaves old.

But slowly,as I shouting slew
　And trampled in the bubbling mire,
In my most secret spirit grew
　A whirling and a wandering fire:
I stood:keen stars above me shone,
　Around me shone keen eyes of men:
And with loud singing I rushed on
　Over the heath and spungy fen,
And broke between my hands the staff
Of my long spear with song and laugh,
That down the echoing valleys rolled.
They will not hush,the leaves a-flutter round me,the beech
leaves old.

毕达哥拉斯
Pythagoras
约前 580—前 500 年

7,

毕达哥拉斯（*Pythagoras*），古希腊哲学家、数学家、天文学家，音
程的数理基础的发现者。生于萨摩斯（今希腊东部小岛），卒于他林敦
（今意大利南部塔兰托）。早年曾游历埃及、巴比伦（一说到过印度）
等地。为摆脱暴政，他移居意大利半岛南部的克罗托内，并在那里组织
了一个政治、宗教、数学合一的秘密团体。这个团体后来在政治斗争中
遭到破坏，他逃到塔兰托，后被杀害。

And now I wander in the woods
    When summer gluts the golden bees,
Or in autumnal solitudes
    Arise the leopard-coloured trees;
Or when along the wintry strands
    The cormorants shiver on their rocks;
I wander on,and wave my hands,
    And sing,and shake my heavy locks.
The gray wolf knows me; by one ear
I lead along the woodland deer;
The hares run by me growing bold.

They will not hush,the leaves a-flutter round me,the beech
leaves old.

I came upon a little town,
    That slumbered in the harvest moon,
And passed a-tiptoe up and down,
    Murmuring,to a fitful tune,
How I have followed,night and day,
    A tramping of tremendous feet,
And saw where this old tympan lay,
    Deserted on a doorway seat,
And bore it to the woods with me;
Of some inhuman misery
Our married voices wildly trolled.

They will not hush,the leaves a-flutter round me,the beech
leaves old.

I sang how,when day's toil is done,
    Orchil shakes out her long dark hair
That hides away the dying sun
    And sheds faint odours through the air:
When my hand passed from wire to wire
    It quenched,with sound like falling dew,
The whirling and the wandering fire;
    But lift a mournful ulalu,
For the kind wires are torn and still,
And I must wander wood and hill
Through summer's heat and winter's cold.

They will not hush,the leaves a-flutter round me,the beech
leaves old.

5,

生殖之蜜（Honey of generation）：叶芝在《叶芝诗集新编》第 597
页自注："我从泼尔菲瑞关于'山林女仙的洞府'的文章中取用了'生
殖之蜜'，但是在泼尔菲瑞那里没有找到视之为破坏对出生前自由之回
忆的'药物'的根据。"

6,

亚里士多德（Aristotle），古代先哲，古希腊人，世界古代史上伟大的
哲学家、科学家、教育家，希腊哲学的集大成者。他是柏拉图的学生，
亚历山大的老师，曾任亚历山大大帝的私人牧师。

前 335 年，他在雅典办了吕克昂学校，被称为逍遥学派。马克思曾称
亚里士多德是古希腊哲学家中最博学的人物，恩格斯称他是"古代的
黑格尔"。

作为一位百科全书式的科学家，他几乎对每个学科都做出了贡献。他的
写作涉及伦理学、形而上学、心理学、经济学、神学、政治学、修辞学、
自然科学、教育学、诗歌、风俗以及雅典法律。亚里士多德的著作构建
了西方哲学的第一个广泛系统，包含道德、美学、逻辑和科学、政治和
玄学。

亚里士多德
Aristotle
前 384 —前 322 年

戈尔王之癫[1]

我曾高坐在獭皮宝座上：
从伊斯到埃曼[2]我言出令行；
在阿马金河口[3]声威远扬，
令混世的海盗丧胆惊心；
骚扰和战乱闻风远遁，
再不敢侵犯人畜。
田野一天天肥美肥沃，
空中的野鸟也越来越多；
低下他们衰老的脖子，
年迈的奥利夫[4]个个称颂：
"他驱走了北方的寒冷[5]。"

它们不会沉寂，落叶在我周围飘动，山毛榉[6]的叶子老了。

我静坐凝思，喝着甜酒；
一个猪倌牧民来自内陆山谷，
哭诉，海盗们赶走了他的猪群，
去填满他们的黑喙空船。
从滚滚山峡到潺潺河谷
我调集久经沙场的兵将，
驾起轰鸣如雷的黄铜战车，
在闪烁的星光下
扑向海边集结的贼寇，
把他们抛进了沉睡的深渊：
这双手夺得了无数的金牌。

它们不会沉寂，落叶在我周围飘动，山毛榉的叶子老了。

但慢慢地，当我喊叫的时候
踩在沸腾的泥潭里
我隐秘的灵魂深处生出
一团旋转的火焰：
我站着：头顶上闪耀着锐利的星光，
我周围闪烁着晶亮的眼睛：
我高声歌唱着冲了上去，
越过荒原，越过蒲苇丛；
我大笑，笑群鸟惊起，
笑星光闪耀，笑云朵高飞，
笑海潮翻滚，笑蒲苇摇曳。

它们不会沉寂，落叶在我周围飘动，山毛榉的叶子老了。

如今我流浪在森林中
无论是夏季餍饱金蜂，
还是在秋天的孤寂中
斑驳的树木高高地耸立，
或者在冬天的时候
鸬鹚在岩石上颤抖
我流浪不止，挥手
歌唱，摇动浓重的发丝。
灰狼只一只耳朵就能认出我
我领着鹿穿过森林；
我身边的野兔不再胆怯。

它们不会沉寂，落叶在我周围飘动，山毛榉的叶子老了。

柏拉图
Plato
前 427 —前 347 年

列奥纳多·达·芬奇
Leonardo da Vinci
1452 年 4 月 23 日— 1519 年 5 月 2 日

3，

柏拉图（Plato），古希腊伟大的哲学家，西方文化中最伟大的哲学家和思想家之一。柏拉图在《会饮篇》中记录了希腊剧作家阿里斯托芬（Aristophanes）的论辩说：原始人是双性的，类似球体，后被宙斯一分为二，像被从头切开的煮熟的鸡蛋。性爱被视为企求重新合一。

4，

此诗初版时，指列奥纳多·达·芬奇（Leonardo da Vinci），意大利文艺复兴时期的画家、科学家、发明家，文艺复兴时期最完美的代表，是人类历史上绝无仅有的全才。其最大的成就是绘画，他的杰作《蒙娜丽莎》《最后的晚餐》等，体现了他精湛的艺术造诣。达·芬奇思想深邃、学识渊博、擅长绘画、雕刻、发明、建筑，通晓数学、生物学、物理学、天文学、地质学等学科。保存下来的手稿大约有6000页。达·芬奇认为"自然中最美的研究对象是人体，人体是大自然的奇妙之作品，画家应以人为绘画对象的核心"。达·芬奇生于托斯卡纳的芬奇镇附近，少年时就显露出艺术天赋，15岁左右到佛罗伦萨拜师学艺，成长为具有科学素养的画家、雕刻家，并成为军事工程师和建筑师。1482年应聘到米兰后，在贵族宫廷中进行创作和研究活动；1513年起漂泊于罗马和佛罗伦萨等地；1516年侨居法国；1519年5月2日病逝。

狄忒的精心策划。后来丽达受孕，生下两枚鹅蛋，孵出四位天使般的儿女。一枚金蛋里生出了卡斯托尔和克吕泰涅斯特拉，另一枚金蛋里生出了海伦和波吕丢刻斯。卡斯托尔和波吕丢刻斯就是后来成为双子座的希腊英雄。克吕泰涅斯特拉后来嫁给了特洛伊战争中希腊诸王的统帅阿伽门农，海伦嫁给了阿伽门农的弟弟墨涅拉俄斯。

《丽达与天鹅》一画的作者是让·巴普蒂斯特·格瑞兹（*Jean Baptiste Greuze*），18 世纪法国洛可可风格画家，以描写市民生活轻巧享乐方面而闻名。他是勃艮底木匠的儿子，从小喜欢画画，但父亲不允许他作画；不过作为画家的外祖父认识到他的才能，带领少年格瑞兹到里昂学画。格瑞兹由里昂到巴黎，一边上美术院，一边从事创作。

二十一岁时，他刚进入美术院不久就崭露头角，由《给孩子读圣经的父亲》（*Family Worship*）一画一举成名。不过格瑞兹并不满足，又去意大利研究文艺复兴大师们的作品。回巴黎以后，他的名声越来越好。

说到格瑞兹的名声，应该讲到一个与少女安勒·卡弗列俄尔有关的故事。她是阿乌加斯金河岸一个旧书商的女儿，格瑞兹非常喜欢她的天真可爱和稚气，以她为模特画了《鸽子和少女》（*La Jeune Fille A La Colombe*）、《破壶》（*The Broken Jug*）等好几幅画。她那天真烂漫、稚气悦人的情态受到人们喜爱，她也因而成为整个巴黎最受人欢迎的女子，格瑞兹随之成为受人欢迎的画家。然而，她并不是天真烂漫的女孩子，而是给人带来不愉快的女子；但格瑞兹没注意到这些，不久后便和她结婚，高兴得不得了，她想要什么就给她买什么。安勒越来越放肆，到最后卷走格瑞兹的财产，竟说"他再也没用了"，把他抛弃。因此，格瑞兹变得一文不名，晚年不得不过着非常悲惨的生活。

格瑞兹除了以他的夫人安勒为模特画过许多美人画外，还创作过《乡村订婚仪式》（*L'Accordée de Village*）等其他作品。他的作品中没有夏尔丹的朴实，如《索菲小姐》（*Sophie Arnould*）可以认为是以当时轻浮的巴黎社交中喜欢意气用事的女人作为描写对象而创作的。她贵妇般装模作样，与其说是高尚，不如说是有些轻佻放荡。这是路易王朝末期的社会相，法国大革命就是从这样的社会背景下，如火山爆发一样喷涌而出的。

让·巴普蒂斯特·格瑞兹创作的最盛时期是在 18 世纪五六十年代。在这一时期，他所热衷的题材是家庭生活，每一幅画都含有一定的训诲意义，都画有一个美丽可爱的少女。如 1755 年的《给孩子读圣经的父亲》、1761 年的《乡村订婚仪式》和《小鸟死了》（*The Dead Bird*）等。在当时看来，这种画的艺术趣味与贵族所需要的截然相反，是为了肯定所谓的第三等级的家庭美德。正如他的代表作《破壶》一画所呈现的，这种绘画与当时的启蒙运动思想有着密切关系。格瑞兹与狄德罗交往甚密，狄德罗的进步美学思想对格瑞兹也有较大的影响。

格瑞兹的艺术还有明显的反布歇及其贵族艺术的倾向，据有些美术史家认为，这种因素是格瑞兹的艺术的民主主义思想的主要表现，因而获得了狄德罗的热烈支持，并被先进的启蒙思想家高度评价。尽管如此，这种具有民主主义倾向的道德说教在艺术上是有很大的局限性的，格瑞兹的形象带有浓厚的学院派气息，人物形象的过分理想化、造型的虚构性，使这种说教的意义大大减弱了。少女形象表现出的柔情性，便是他向贵族艺术妥协的表现之一。

●

我来到一个小镇，
它在中秋的月光中沉睡，
我踮着脚尖儿往来徘徊
以断断续续的曲调低语
我是如何日夜追随
巨大的脚步
看到在一家门洞里
被遗弃在门凳上的破鼓，
把它带回森林，
我和它疯狂地轮番吟唱，
吟唱着不人道的痛苦。

●

它们不会沉寂，落叶在我周围飘动，山毛榉的叶子老了。

我唱道，当一天的辛劳结束，
奥奇尔[7]抖开她长长的黑发
遮住那即将逝去的日头，
把淡淡的幽香向风中散发。
我的手指滑过琴弦，
琴声叮咚像滴落的露珠
把盘旋飘荡的火焰浇熄；
如今只发出一声悲哀的唏嘘，
因为那可亲的琴弦已断弦无声；
我只好流浪在荒山野林，
经历夏天的炎热和冬天的寒冷。

它们不会沉寂，落叶在我周围飘动，山毛榉的叶子老了。

> I wander on, and wave my hands,
>   And sing, and shake my heavy locks.
> The gray wolf knows me; by one ear
> I lead along the woodland deer;
> The hares run by me growing bold.
> *They will not hush, the leaves a-flutter round me, the*
>   *beech leaves old.*
>
> I came upon a little town,
>   That slumbered in the harvest moon,
> And passed a-tiptoe up and down,
>   Murmuring, to a fitful tune,
> How I have followed, night and day,
>   A tramping of tremendous feet,
> And saw where this old tympan lay,
>   Deserted on a doorway seat,
> And bore it to the woods with me;

10

注

1,

本诗作于 1884 年，最初发表于《闲暇时刻》（*Leisure time, 1887*），题为《戈尔国王，一个爱尔兰传奇》（*King Goll, an Irish legend*）。1887 年，叶芝在《校刊本》第 857 页注："戈尔或高尔生活于约 3 世纪的爱尔兰，他在丧失了理智的那次战役中的事迹为一部至今犹存的吟唱史诗提供了素材。欧卡瑞在其《爱尔兰历史的手抄材料》中如是讲述这故事：'极热切地进入战斗后，他的兴奋很快变成狂热；在表现了惊人的英勇之后，他在精神错乱的状态下逃离了残杀的场景，一直远远跑到国内一处荒山野岭之上跳入了峡谷。这个峡谷从此被叫作疯人谷，甚至至今在南方人们还相信，如果获得自由的话，全爱尔兰的疯人都会聚集到这个地方。'"

戈尔（*Goll*）：盖尔语，意思是"独眼"。

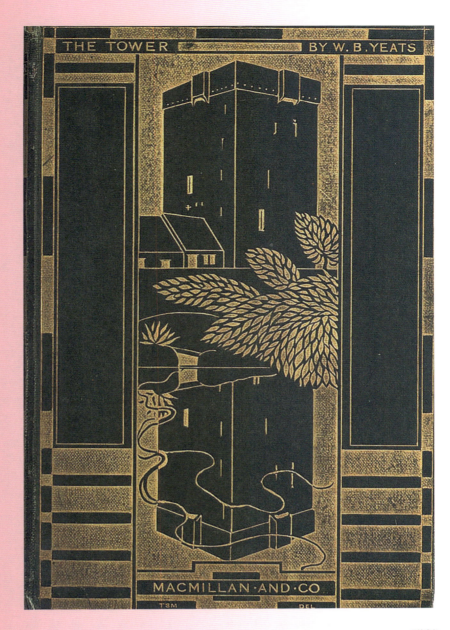

塔楼
The Tower
1928 年初版本封面

2,

丽达（*Ledaean*）：希腊神话记载，斯巴达国王廷达瑞俄斯被兄弟希波科翁驱逐出国，长期流离后，到达了希腊中部的埃托利亚。埃托利亚的国王特斯提奥斯慧眼识英雄，收留了他，并把女儿——全希腊有名的美人丽达嫁给了他。丽达乃海仙女，他娶了丽达后，竟得意忘形，忘了向阿佛洛狄忒祭祀，遭到了阿佛洛狄忒的报复。廷达瑞俄斯将丽达安排在幽雅恬静的小岛上，与世隔绝，只有女伴相陪。一天，丽达正在湖中沐浴，阿佛洛狄忒就让宙斯化为天鹅，自己变成鹰，苦苦追逐宙斯这只天鹅。天鹅宙斯被阿佛洛狄忒追到湖边，盘旋湖上，看到美丽的丽达，顿生爱慕之情。丽达看它健硕可爱，把它搂抱怀中爱抚不停，这是阿佛洛

注

1，

1889 年，叶芝遇到茅德·冈，立即被她的迷人风采吸引。茅德·冈为争取爱尔兰独立献出了自己的一生，叶芝对她的情感就像她对爱尔兰的情感一样，坚定、决不放弃。叶芝自从结识茅德·冈，就追随在她的身后参加革命，并一再向她求婚，为她写下现代英语诗歌中最优美的爱情诗。但茅德·冈在与一位法国政客同居后，于 1903 年嫁给一个革命者。在她离婚后，叶芝仍多次向她求婚，甚至后来向她的养女伊莎贝尔求婚，同样遭拒。

1926 年 3 月 14 日，叶芝在笔记本里写道："一首诗的题材——学童感到生活也许会损毁他们，没有生活能实现我们的梦想或甚至他们的教师的希望这一种想法。把生活为从不发生的事情做准备的旧想法写入。"

晚年的叶芝以国会参议员的身份在爱尔兰上议院里做部分视察学校的工作。1926 年 2 月，他在视察华脱福镇的圣奥特兰小学的时候，眼前晃动着的众多学童让他不禁浮想联翩。想起自己一生追求的茅德·冈，当年也像这些学童中的一个，他写成此诗。

《在学童中》排在诗集《塔楼》的中部，诗人回顾自己的爱情经历，将晦涩、充斥破碎意象的《1919》与表达个人痛苦的《塔》联成一体，通过独特的意象完成，使诗集浑然天成。叶芝诗歌创作的鲜明特色是象征主义，为思想与情感找到"客观对应物"。诗人钟情于象征主义，这不仅契合了诗人的宗教情感和神秘主义倾向，扑朔迷离的特色更是满足了他与外界保持心理距离的需要。诗人用"老人"象征自己，将劳作比作"开花"或"舞蹈"，阐述了一个与现实世界相对照的精神领域，暗示人们无法逃避物质与精神之间令人困惑的关系。

在最后一节中，叶芝通过对栗树的描绘，构建了一个幸福工作和自得其乐者的形象。这一形象与前几节表达的观点迥然不同，叶芝借此揭示出深层次的危机。按照他的解释，真理存在于双重的幻景中。那个部分，叶芝称之为"劳作"，即日常血肉之躯的生活，不能看作人生的整体，但又是整体不可缺少的组成部分。一棵栗树，不是叶子、花朵、树身，但没有它们，栗树也不能成为栗树。他的思想不再片面追求理性、否定情欲、歌颂艺术、脱离现实，而是表现出了较为客观的辩证思想。

全诗没有浪漫主义的天真幻想，也缺乏唯美主义的朦胧细腻。从叶芝的创作历程来看，这大概是叶芝最繁复的阶段，他已经把现实、象征和来自神话和哲学的玄思结合了起来，风格粗犷坚实，思想深刻复杂。

全诗以洗练的口语、含义复杂的象征手法、富有质感的形象，表达出抽象的道理，神秘深邃。

2，

从伊斯到埃曼（*from Ith to Emain*）：伊斯，即玛·伊莎（意思是"谷物平原"），在多纳戈尔郡，据说是因爱尔兰的早期入侵者麦利斯人伊斯而得名。

埃曼，即埃曼·玛莎。在爱尔兰传说中，女马神玛莎在阿玛和纳万堡两山之间生下一对孪生子，并用胸针在平原上画出一座城镇的轮廓。该城镇就是北爱尔兰王国的首都"埃曼·玛莎"，意思是"玛莎的孪生子"。

3，

阿马金河口（*Invar Amargin*）：威克娄郡（*County Wicklow*）的阿沃卡河（*Avoca River*）的河口，因红枝传奇中康科巴的祭司、神秘诗人阿马金而得名。

4，

奥利夫（*Ollave*）：古爱尔兰知识界的最高学位或诗人。

5，

他驱走了北方的寒冷（*He drives away the Northern cold*）：叶芝在《校刊本》第 796 页解释："死亡、黑暗、寒冷、邪恶的力量，来自北方。"佛魔罗的意思是"来自海下"，是死亡、黑暗、寒冷之神的名字。佛魔罗畸形，时而有牛羊之头，时而只有一条腿和一条从胸口正中伸出的胳膊。它们是邪恶精灵之祖，据某位盖尔语作家说，它们是一切畸形人之祖。巨人和小妖精尤其被认为是属于佛魔罗之类。

6，

山毛榉（*beech*）：别名麻栎金刚、石灰木、白半树、杂子树、矮栗树、长柄山毛榉、水青冈，学名"*Fagus*"。山毛榉为山毛榉目壳斗科植物，广泛分布在亚洲、欧洲、北美洲，是温带阔叶落叶林的主要构成树种之一，果实是一些小型哺乳动物的食物。山毛榉科山毛榉属约有 10 种落叶观赏植物和材用树，产于北半球温带和亚热带地区。

7，

奥奇尔（*Orchil*）：即珀耳塞福涅（*Persephone*），希腊神话中冥界的王后，她是众神之王宙斯和农业女神德墨忒耳的女儿，被哈迪斯（*Hades*）绑架到冥界与其结婚，成为冥后。

The Ballad of Moll Magee

Come round me,little childer;
There,don't fling stones at me
Because I mutter as I go;
But pity Moll Magee.

My man was a poor fisher
With shore lines in the say;
My work was saltin' herrings
The whole of the long day.

And sometimes from the saltin' shed
I scarce could drag my feet,
Under the blessed moonlight,
Along the pebbly street.

I'd always been but weakly,
And my baby was just born;
A neighbour minded her by day,
I minded her till morn.

I lay upon my baby;
Ye little childer dear,
I looked on my cold baby
When the morn grew frosty and clear.

A weary woman sleeps so hard!
My man grew red and pale,
And gave me money,and bade me go
To my own place,Kinsale.

He drove me out and shut the door.
And gave his curse to me;
I went away in silence,
No neighbour could I see.

The windows and the doors were shut,
One star shone faint and green,
The little straws were turnin' round
Across the bare boreen.

I went away in silence:
Beyond old Martin's byre
I saw a kindly neighbour
Blowin' her mornin' fire.

6

柏拉图认为自然不过是一场游戏的泡沫
在幽灵般的事物上千变万化；
壮实的亚里士多德[6]挥舞着鞭子
击打万王中王的屁股；
举世闻名的金色大腿毕达哥拉斯[7]
弹拨着小提琴的弓弦
明星们唱着歌，漫不经心的缪斯所听到的：
旧衣服贴在旧棍子上吓唬鸟。

7

修女和母亲都崇拜偶像，
但是那些烛光照亮的尊容并不能
撩惹激发母亲的幻想，
只会令石像或铜像安息。
然而，他们也伤透了心，哦，存在
激情、虔诚或感情爱慕所熟知的至尊，
所有神圣的荣耀都象征着——
啊，对人类事业自生自灭的嘲弄者；

8

劳动就会绽放、起舞
肉体并不是为了取悦灵魂而受伤，
美也并不产生于绝望，
睡眼惺忪的智慧也不出自午夜灯光。
栗树，有根的花朵，
你究竟是叶子、花朵还是树干？
在音乐的摇曳中，啊，明亮的目光，
我们怎么能从舞蹈中认出舞者？

在学童中 [1]

1

我穿过长长的教室边走边问；
一位戴着白头巾的和蔼的老修女回答道；
孩子们学习算术和唱歌，
研究阅读和历史，
学习裁剪和缝纫，一切都要整洁
以最现代的方式，孩子们的眼睛
在片刻的惊奇中凝视着
一位面带微笑的六十岁的公众人物。

2

我梦见丽达[2]的身影，弯着腰
在一场沉沦的大火的上空，她讲述了一个故事
讲述严厉的谴责或琐碎的往事
把幼稚孩子气的一天变成了悲剧——

告诉我，我们的两种天性
从年轻的同情中进入了一个领域，
或者，改变柏拉图[3]的寓言，
变成蛋黄和白色的一个壳。

3

想起了当年那阵阵的悲伤或愤怒
我在这儿瞅瞅这个又看看那个
想知道她在那个年龄是否也站得这么好——
因为即使是天鹅的女儿也可以分享
每一个涉水飞禽者的遗产——
脸颊或头发上有这种颜色，
于是我的心就发狂了：
她仿佛活现在我的眼前：

4

她现在的形象浮现在我的脑海里——
难道是十五世纪巧手[4]的时尚设计
脸颊凹陷，仿佛它吸干了风
把一团阴影吞食？
我虽然从来没有像丽达那样
有过一次漂亮的羽毛，
最好在所有的微笑中报以微笑，并表现出来
有一种舒适的老稻草人。

5

多么年轻的母亲啊，她膝盖上的一个形体
被那"生殖之蜜[5]"出卖给人间的皮囊，
他们必须睡觉、哭闹、挣扎着逃离
当回忆或者药物决定，
她会认为她的儿子，她只是看到了那个形状
它头上白茫茫披着六十多个寒冬，
是对他出生的痛苦的补偿，
还是为他前程担忧的一份补偿？

She drew from me my story—
My money's all used up,
And still,with pityin',scornin' eye,
She gives me bite and sup.

She says my man will surely come,
And fetch me home agin;
But always,as I'm movin' round,
Without doors or within,

Pilin' the wood or pilin' the turf,
Or goin' to the well,
I'm thinkin' of my baby
And keenin' to mysel'。

And sometimes I am sure she knows
When,openin' wide His door,
God lights the stars,His candles,
And looks upon the poor.

So now, ye little childer,
Ye won't fling stones at me;
But gather with your shinin' looks
And pity Moll Magee.

摩尔·马吉谣[1]

过来，小孩儿；
好了，别向我扔石头
别因我边走边咕哝；
要可怜摩尔·马吉。

我的男人是可怜的穷渔夫
念叨的就是海岸线
我的工作是腌鲱鱼；
一天到晚忙不停。

整天待在腌棚里
我几乎迈不开腿，
有时在幸福的月光下，
沿着卵石街道走一走。

我一直体弱又多病，
我的孩子刚刚出生；
邻居白天照顾她，
夜里我守护她到天亮。

我压在了我宝贝的身上；
我亲爱的宝贝，
我看着我冰凉的孩子
黎明变得寒冷而晴朗。

疲惫不堪的女人睡得死沉！
我的男人恼火、发狠心，
给我一点钱，让我滚，
滚回我的娘家，金赛尔[2]。

他把我赶了出去，关上门
并且诅咒我；
我默默地走开，
看不见一个邻居。

窗户和门都关上了，
一颗星闪烁着淡淡的绿光，
稻草腾空盘旋
在空空的小巷。

我默默地走开：
走过老马丁的牛棚
我看到一位和善的邻居
正吹火做饭。

VI

Plato thought nature but a spume that plays
Upon a ghostly paradigm of things;
Soldier Aristotle played the taws
Upon the bottom of a king of kings;
World-famous golden-thighed Pythagoras
Fingered upon a fiddle-stick or strings
What a star sang and careless Muses heard:
Old clothes upon old sticks to scare a bird.

VII

Both nuns and mothers worship images,
But those the candles light are not as those
That animate a mother's reveries,
But keep a marble or a bronze repose.
And yet they too break hearts-O Presences
That passion, piety or affection knows,
And that all heavenly glory symbolise-
O self-born mockers of man's enterprise;

VIII

Labour is blossoming or dancing where
The body is not bruised to pleasure soul,
Nor beauty born out of its own despair,
Nor blear-eyed wisdom out of midnight oil.
chestnut tree,great-rooted blossomer,
Are you the leaf, the blossom or the bole?
body swayed to music, O brightening glance,
How can we know the dancer from the dance?

Among School Children

I

I walk through the long schoolroom questioning;
A kind old nun in a white hood replies;
The children learn to cipher and to sing,
To study reading-books and history,
To cut and sew, be neat in everything
In the best modern way-the children's eyes
In momentary wonder stare upon
A sixty-year-old smiling public man.

II

I dream of a Ledaean body,bent
Above a sinking fire,a tale that she
Told of a harsh reproof,or trivial event
That changed some childish day to tragedy-
Told, and it seemed that our two natures blent
Into a sphere from youthful sympathy,
Or else, to alter Plato's parable,
Into the yolk and white of the one shell.

III

And thinking of that fit of grief or rage
I look upon one child or t'other there
And wonder if she stood so at that age-
For even daughters of the swan can share
Something of every paddler's heritage-
And had that colour upon cheek or hair,
And thereupon my heart is driven wild:
She stands before me as a living child.

IV

Her present image floats into the mind-
Did Quattrocento finger fashion it
Hollow of cheek as though it drank the wind
And took a mess of shadows for its meat?
And I though never of Ledaean kind
Had pretty plumage once-enough of that,
Better to smile on all that smile,and show
There is a comfortable kind of old scarecrow.

V

What youthful mother, a shape upon her lap
Honey of generation had betrayed,
And that must sleep, shriek, struggle to escape
As recollection or the drug decide,
Would think her son, did she but see that shape
With sixty or more winters on its head,
A compensation for the pang of his birth,
Or the uncertainty of his setting forth?

她听完了我的故事——
我的钱都花光了
尽管如此，她仍带着怜悯、鄙视的眼神
给我东西吃。

她说我的男人一定会来，
带我回家；
但总是，我四处流浪，
不论在屋外室内，

打着木桩或盖着草皮，
或去井边打水，
我都在想我的孩子
只能独自痛哭。

有时候我相信她知道
上帝打开大门，
点亮星星，点亮蜡烛
照看天下的穷人。

所以现在，你这个孩子，
不要向我扔石头；
应该带着你灿烂的笑容
可怜可怜摩尔·马吉[3]。

注

1,

1907 年，叶芝在《校刊本》第 843 页里说此诗是源于"在后斯听的一篇布道文，如果我没记错的话"。后斯是都柏林附近的一个渔村，叶芝 1881 年至 1883 年在这里居住。

2,

金赛尔（*Kinsale*）：爱尔兰南部著名的海港旅游小镇，据说有着全爱尔兰最好吃的海鲜店。小镇上的每一条狭窄小路都可以将游人引向大海，从镇上的山顶走向海港的道路成为游人的必走之路。每年夏天，港口的海边小道都人潮汹涌。他们不仅是游客，也是食客，因为金赛尔从来不缺好吃的餐馆。

3,

摩尔·马吉因夜里怕婴儿冷，翻身躺在婴儿身上。但她太困，睡着时把婴儿压死了。丈夫因此休了她。她发疯了，到处说这个事。

诗的起头，似人类历史本身的开端："突然"之间，事情就这样发生了。诗的前八行用具体动态的语言，描写了天鹅突然袭击少女，强行与之交媾的场景，给读者展现了一幅人禽狎昵的惊心动魄的画面：强暴粗野的"天鹅"以突然袭击的方式，扑向了美丽的"少女"，迅猛、蛮横、肆虐，使少女丝毫无法进行反抗。诗人采用了一系列色彩浓烈、节奏急促、对比鲜明的描绘：一边是少女娇美的"大腿"、纤秀的"脖颈"、丰腴的"胸脯"、"惊吓坏了"的无力推拒的手指，一边是拍动的"巨翅"、紧衔的"鹅喙"……

骇人听闻的暴行，似电影里的镜头，使人如临其境，心中久久不能平静。这种细致真实、浓墨重彩式的描写，在象征主义的诗歌中十分少见。

接下来的三行是作者的联想，叙述希腊神话中的海伦和特洛伊战争；最后三行是诗人的思考、暗示，通过这种神话暗示，表述他对当时爱尔兰激烈的政治斗争和暴力冲突的焦虑。

诗人不是出于伦理道德而谴责"天鹅"的暴力，诗中包含的深刻的历史含义，在后面的诗行中一一显现：那"断残垣壁，漫天烈焰的屋顶和塔楼"，象征海伦引起的残酷的特洛伊之战，给城邦和人民带来了巨大的灾难和难以愈合的创伤。

"阿伽门农之死"指丽达当时的受孕，种下未来焚城、杀夫的祸根。这两大悲剧的发生都是由于"天鹅"播下的恶果。丽达虽然被迫同宙斯结合，但她能否就此感到神的智慧，"她把他的知识和力量都吸收了吗"，结论是充满疑问的。

在本诗中，叶芝出色地运用了象征手法，意象具体鲜活，语言简朴生动，毫不晦涩。

从结构上看，前面是清楚的莎士比亚体，后面是随意的（接近于）彼特拉克体；前面写神（宙斯或天鹅），后面写人（丽达）；前面写事情，后面是感想，更准确地说是困惑、疑问。

神与人、生与死、爱与恨、创造与毁灭、崩溃与坚持、混乱与秩序、清醒与糊涂，相反相成的一切混成中，是否能把握推动历史的力量，拥有神的智慧和知识？

这是所有凡人的困惑：究竟是什么力量、什么意志在主宰人类的意志，使之推动历史与文化？

这首诗，已经远远超出了诗人原来的意图。"形象大于思想"，浓郁诗意掩盖了抽象的政治理念，诗的寓意丰富复杂。

天鹅与丽达的结合，产生了海伦姐妹，也产生了战乱、残杀，它意味着精神与肉体的结合，阳刚之美与阴柔之美的结合，也意味着创造力与破坏力的结合。这种反映历史进程的矛盾对立的双重特性，在叶芝的诗篇中一直存在着，给世人创造了玄妙的想象空间。

此诗的象征内涵十分丰富，最后一段用燃烧的屋顶与塔楼象征特洛伊的陷落，塔楼这一意象又与诗人其他诗中提到的各种塔，如他所居住的托尔·巴利塔连接起来，使诗的内涵更为深广，富有历史感和时代感。

2,

海伦与帕里斯的私奔，导致特洛伊战争和特洛伊城邦的毁灭。希腊联军统帅阿伽门农（权力和尊严的象征）在胜利归国后，被其妻克吕泰涅斯特拉伙同奸夫谋杀。

THE ROSE
1893

The Rose，1893

玫瑰之恋[1]，1893 年

Leda and the Swan

图片尺寸：1280×868px
创作者：奥迪隆·雷东 (*Odilon Redon*)
作品年代：未知
风格：象征主义
体裁：神话画
材质：水彩画，*paper*
现位于：私人收藏

To the Rose upon the Rood of Time
献给时间之路上的玫瑰

Fergus and the Druid
弗格斯和德鲁伊

The Rose of the World
世界的玫瑰

The Rose of Peace
和平的玫瑰

The Rose of Battle
战斗的玫瑰

A Faery Song
仙 歌

The Lake Isle of Innisfree
氤梦湖岛

A Cradle Song
摇篮曲

The Pity of Love
爱的怜悯

The Sorrow of Love
爱的伤痛

When You Are Old
当你老了

The White Birds
白 鸟

注

1,

1923 年，叶芝有感于当时欧洲政治的衰败，企图寻找一条新的道路，创作了《丽达与天鹅》，以透彻地描写这一时刻的来临。

天鹅一直是西方诗人热衷描写的对象，它优美、纯洁、文雅、庄重，令人喜爱。象征派诗人将天鹅作为描绘对象的时候，往往在天鹅身上寄托着特殊的情思。

叶芝的这首诗虽以天鹅为描写对象，却一反常态，没有写天鹅的温柔、娴静，而是表现其作为强力化身的粗暴、狰狞，借诗句表现出了十分深奥玄远的观念，在咏天鹅的作品中，可谓独一无二。

《丽达与天鹅》取材于希腊神话，主神宙斯化形为天鹅，同斯巴达国王廷达瑞俄斯之妻丽达结合，生下了绝世美女海伦（性爱的象征）和另一女儿克吕泰涅斯特拉（阿伽门农之妻），这两个美女都为人间带来灾难。为争夺海伦，特洛伊人与希腊人爆发了长达十年的特洛伊战争。而克吕泰涅斯特拉因与人通奸而杀死了自己的丈夫，即希腊联军统帅阿伽门农。诗人一反常态，以独特的角度，在这则神话故事中注入新意，表达他的历史观：历史的发展如同"旋体"，循环推进。天鹅与丽达的结合，正是象征着人类历史的一个开端。叶芝认为这预示旧的文明（上古时代）行将终结，新的文明（荷马时代）即将到来的变化的根源在于性爱和战争。

丽达与天鹅 [1]

突然的一击：那巨大的翅膀仍拍打
在这个摇摇晃晃的少女身上，她的大腿被爱抚着
在黑暗的网边，她的脖颈被他含在喙中，
把她无助的胸脯紧压在他的胸上。

那惊吓坏了的无力的柔指怎么能推拒
从她松弛的股间推开羽化般的宠幸？
被扑倒的弱躯在草丛白热的冲刺下，
怎能不感触到那颗奇怪的心房在悸动？

腰际一阵战栗，从此便种下
断壁残垣，漫天烈焰的屋顶和塔楼
与阿伽门农之死 [2]。
                            当她被占有，
被空中飞来的野蛮热血俘获时，
在冷漠之喙还没有将她丢下之前
她把他的知识和力量都吸收了吗？

1923 年

丽达与天鹅
Leda and the Swan
让·巴普蒂斯特·格瑞兹
Jean-Baptiste Greuze
1725 — 1805 年
18 世纪法国洛可可风格画家

太晚了我才爱上你，唉，古老常新的美！
太晚了我才爱上你！

——

圣·奥古斯丁[2]

Leda and the Swan

A sudden blow: the great wings beating still
Above the staggering girl, her thighs caressed
By the dark webs, her nape caught in his bill,
He holds her helpless breast upon his breast.

How can those terrified vague fingers push
The feathered glory from her loosening thighs?
And how can body, laid in that white rush,
But feel the strange heart beating where it lies?

A shudder in the loins engenders there
The broken wall, the burning roof and tower
And Agamemnon dead.
                        Being so caught up,
So mastered by the brute blood of the air,
Did she put on his knowledge with his power
Before the indifferent beak could let her drop?

1923

献给

——

莱奥内尔·约翰逊[3]

2,

那不是老人的国度（*That is no country old man*）：指爱尔兰及自然、物质的世界。

3,

鲑鱼瀑布，鲭鱼密集的海洋（*The salmon-falls,the mackerel-crowded seas*）：繁殖的象征。

4,

站在上帝圣火中的圣人（*sages standing in God's holy fire*）：据叶芝回忆，意大利拉韦纳（*Ravenna*）的圣·阿波里奈教堂墙壁上有描绘圣徒受火煎烤的拜占庭风格的镶嵌画。

拉韦纳，意大利北部城市，位于距亚得里亚海 10 公里的沿海平原上，博洛尼亚以东 111 公里处。是古代罗马的海港，5 至 6 世纪成为东哥特王国都城，6 至 8 世纪是东罗马帝国统治意大利的中心。

拉韦纳是农产品集散地。工业以炼油、合成橡胶、纺织、化学、炼硫、制鞋和食品为主。有铁路、公路枢纽，运河与东北 15 公里处的海港马里纳迪拉韦纳相连。

拉韦纳以保有古罗马特别是东罗马帝国时期的建筑遗迹著称，拥有"意大利的拜占庭"之美誉。

5,

一只奄奄一息的肉体（*a dying animal*）：指人的肉体，灵魂受难的牢狱。

6,

或坐在金色的树枝上歌咏（*Or set upon a golden bough to sing*）：在《叶芝诗集新编》第 595 页，叶芝注："我曾在某处读到，在拜占庭的皇宫里，有一棵用金银制作的树和人造的会唱歌的鸟。"他认为物质世界转瞬即逝，只有精神和艺术永恒不朽。

注

1,

《玫瑰之恋》最初见于《诗集》，诗集辑自《女伯爵凯瑟琳及各种传说和抒情诗》，共 23 首，其中《谁和弗格斯一起去？》一诗是《诗集》1912 年再版时增补的。

1925 年，叶芝注说："《玫瑰之恋》是我的第二本书《女伯爵凯瑟琳及各种传说和抒情诗》的一部分。几年后我第一次读这些诗的时候注意到，那被象征为玫瑰的品质与雪莱和斯宾塞的理性美的不同之处在于，我把它想象成与人类一同受难，而不是从远处追求和望见的某种东西。这一定曾经是我这一代人的一种思想……"

1925 年，叶芝增补题记，原文是拉丁文，出自古罗马著名基督教神父奥古斯丁（*Augustine*）所著《忏悔录》（*Confessiones*）第 10 卷第 27 章。

2,

圣·奥古斯丁，又名希波的奥古斯丁（*Augustine of Hippo*），天主教译为圣·奥斯丁（*Saint Augustine*），全名圣·奥勒留·奥古斯丁（*Saint Aurelius Augustinus*），古罗马帝国时期天主教思想家，出生于罗马帝国统治下的北非努米底亚王国。他曾是一名摩尼教徒，皈依基督教后，成为基督教早期神学家、教会博士。其思想影响了西方基督教教会和西方哲学的发展，间接影响了整个西方基督教教会。他是北非希波里吉词（*Hippo Regius*）的主教，重要的作品包括《上帝之城》（*The city of God*）、《基督教要旨》（*Christian Instruction*）、《忏悔录》。

注

1,

叶芝认为 6 世纪查士丁尼大帝（*Justinian the Great*）统治下的拜占庭王朝是贵族文化的典型代表，那时精神与物质、文艺与政教、个人与社会得到了和谐统一。拜占庭作为内蕴丰富的象征，代表着一个新的超凡的永恒，是诗人理想的永恒之乡。然而现实中却充斥着种种危机与灾难，为表达对情欲、现代物质文明的厌恶和对理性、古代贵族文明的向往，叶芝于 1928 年创作了这首《驶向拜占庭》。

全诗建立在有生命的生物和永恒的艺术与理性产品的两组象征上，前者暗示有限的生命、物欲和自然，后者象征超自然的不朽、永恒，核心象征"拜占庭"。

诗中的"拜占庭"，通常指中世纪的东罗马帝国，即以首都君士坦丁堡为中心的拜占庭帝国（*Byzantine Empire, 395 – 1453*），是小亚细亚古城，经罗马帝国皇帝君士坦丁大帝重建，名为君士坦丁堡；6 世纪时为东罗马帝国首都，东西方文化在此交汇，繁荣一时。拜占庭帝国共历经 12 个朝代，93 位皇帝，是欧洲历史最悠久的君主制国家。叶芝视之为理想的文化圣地、艺术永恒的象征。如同伊斯坦布尔是地理上连接东西方的纽带一样，拜占庭在时间和心理层面作为沟通古希腊文化和文艺复兴的桥梁而闻名遐迩。通过拜占庭，近现代西方文明才可能寻访到远逝的、依稀缥缈的古希腊梦影。

《驶向拜占庭》是一首严整的四节八行体诗，表现了诗人对灵与肉、永恒与生命之间矛盾对立的独特领会，表达了他在年华老去之后，希望通过艺术追求不朽的愿望。

本诗结构严谨，语言洗练，富于暗示意义，玄学与象征的意味很浓。他用诗的象征，唤起人类的"大记忆"或"大心灵"。对于生与死、灵与肉、现世和永恒的问题，叶芝在该诗中述说了自己的答案：生命是有限的，无须沉迷流连，人应当超越自然的物质，到艺术与理性的殿堂中寻找永恒的精神存在。

驶向拜占庭[1]

1

那不是老人的国度[2]。年轻人
在彼此拥抱着，鸟儿在树上飞翔
——在他们的歌声中死去，
鲑鱼瀑布，鲭鱼密集的海洋[3]，
鱼、兽、禽，一切生灵整个夏天都被赞美
无论孕育、降生、死亡。
沉迷在那感性的音乐中，一切都被忽视了
不朽智慧的纪念碑。

2

衰颓的老人不过是件微不足道的废物，
一件披在拐杖上的破烂外套，除非
灵魂为之拍手作歌，大声歌唱
它皮囊的每一个裂绽，
可是所有教唱的学校，仅只有
研究自家纪念碑上记载的壮丽，
因此，我就远渡重洋，来到这里
拜占庭的圣城。

3

站在上帝圣火中的圣人[4]啊
一如立于墙上的金色马赛克，
从圣火中出来，旋转当空，
做我灵魂的歌唱导师。
请耗尽我心；那欲罢不能
绑在一只奄奄一息的肉体[5]上的
迷失的心；请把我召集起来
进入那永恒不朽的艺术品里去吧。

4

一旦超脱凡境，我将永远不会
从任何自然物中构建身形，
而是要希腊的金匠那样铸造
锻金和镀金的躯体
让昏昏欲睡的君王保持清醒；
或坐在金色的树枝上歌咏[6]
把过去、现在或未来
唱给拜占庭的诸侯和女士们听。
1927 年

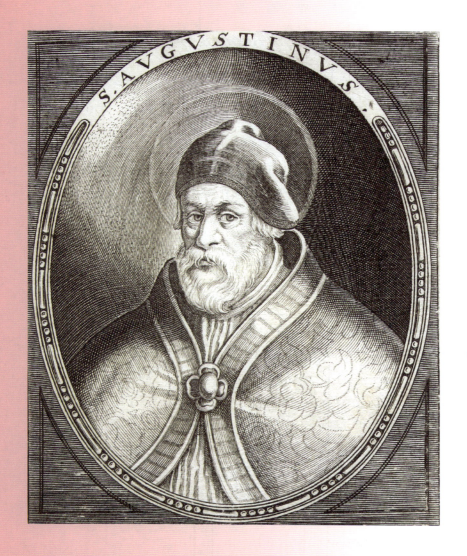

圣·奥勒留·奥古斯丁
Saint Aurelius Augustinus

奥古斯丁拿着燃烧的心
Philippe de Champaigne
1650 年

3，

莱奥内尔·约翰逊，英国诗人、学者、批评家，是叶芝的朋友。

To the Rose upon the Rood of Time

Red Rose,proud Rose,sad Rose of all my days!
Come near me, while I sing the ancient ways:
Cuchulain battling with the bitter tide;
The Druid, grey, wood-nurtured, quiet-eyed,
Who cast round Fergus dreams, and ruin untold;
And thine own sadness, whereof stars, grown old
In dancing silver-sandalled on the sea,
Sing in their high and lonely melody.
Come near, that no more blinded by man's fate,
I find under the boughs of love and hate,
In all poor foolish things that live a day,
Eternal beauty wandering on her way.

Come near, come near, come near—Ah, leave me still
A little space for the rose-breath to fill!
Lest I no more hear common things that crave;
The weak worm hiding down in its small cave,
The field-mouse running by me in the grass,
And heavy mortal hopes that toil and pass;
But seek alone to hear the strange things said
By God to the bright hearts of those long dead,
And learn to chaunt a tongue men do not know
Come near; I would,before my time to go,
Sing of old Eire and the ancient ways:
Red Rose,proud Rose,sad Rose of all my days.

Sailing to Byzantium

I

That is no country for old men.The young
In one another's arms,birds in the trees
—Those dying generations-at their song,
The salmon-falls,the mackerel-crowded seas,
Fish,flesh,or fowl,commend all summer long
Whatever is begotten,born,and dies.
Caught in that sensual music all neglect
Monuments of unageing intellect.

II

An aged man is but a paltry thing,
A tattered coat upon a stick,unless
Soul clap its hands and sing,and louder sing
For every tatter in its mortal dress,
Nor is there singing school but studying
Monuments of its own magnificence;
And therefore I have sailed the seas and come
To the holy city of Byzantium.

III

O sages standing in God's holy fire
As in the gold mosaic of a wall,
Come from the holy fire,perne in a gyre,
And be the singing-masters of my soul.
Consume my heart away;sick with desire
And fastened to a dying animal
It knows not what it is;and gather me
Into the artifice of eternity.

IV

Once out of nature I shall never take
My bodily form from any natural thing,
But such a form as Grecian goldsmiths make
Of hammered gold and gold enamelling
To keep a drowsy Emperor awake;
Or set upon a golden bough to sing
To lords and ladies of Byzantium
Of what is past,or passing,or to come.
1927

献给时间之路上的玫瑰[1]

伴我终生的红玫瑰，骄傲的玫瑰，悲哀的玫瑰！
靠近我，听我唱古老的悲歌：
库丘林[2]正与苦涩的海浪搏斗；
德鲁伊[3]，灰色的，木制的，安静的眼睛，
他抛下了弗格斯[4]之梦，毁灭了一切；
还有你自己的悲伤，衰老的繁星
在海上舞动着银屐，
在他们高亢而孤独的旋律中悲戚。
来吧，不要再被人的命运蒙蔽，
我在爱与恨的怀抱中发现，
在所有命若蜉蝣的可怜而愚蠢的事情中，
永恒之美在时间之路上漫游向前。

靠近，靠近，再靠近——啊，别惊动
给我一点空间让玫瑰的气息充满！
恐怕我再也听不到普通事物的渴求之声；
虚弱的虫子躲在它的小洞穴里，
田鼠在草地上从我身边飞奔而过，
人类为之奋斗而终将消逝的沉重希望；
而独自倾听那些奇闻怪事
感谢上帝赐予那些早已逝去的人以光明之心[5]，
学会用一种人类不懂的语言而歌[6]。
靠近；我愿意，在退场的钟点来临之前，
用古老的方式吟唱古老的艾尔之歌[7]：
伴我终生的红玫瑰，骄傲的玫瑰，悲哀的玫瑰。

注

1，

本诗是叶芝出版于 1893 年的诗集《玫瑰之恋》中的序诗，诗集中除了
有《当你老了》《白鸟》等名篇，还收录了《战斗的玫瑰》《世界的玫瑰》
《和平的玫瑰》等脍炙人口的"玫瑰诗"，本诗是其中的提纲挈领之作。

叶芝在《校刊本》第 798 页至第 799 页自注："玫瑰是爱尔兰诗人最
喜欢的一个象征。以它为题的诗作不止一首，既有盖尔语的又有英语的；
它不仅被用于情诗，而且被用于称呼爱尔兰……当然，我不在后者的意
义上使用它。"

这首诗集中体现了叶芝强大的整饬诗艺的综合能力。十字架上的玫瑰，
是创始于 15 世纪德国的秘术修道团体"玫瑰十字会"的标志，象征一种
神秘的结合。"十字架"被用来比喻苦难。"玫瑰"在叶芝的诗中有复
杂的象征意义，在他早期的诗中代表着精神的永恒之美，有时被用来比
喻爱尔兰传奇中的古代英雄或叶芝对茅德·冈的爱情。此处象征茅德·冈。

诗题 *"To the Rose upon the Rood of Time"*，直译应为"致时光十
字架上的玫瑰"或"献给时间之路上的玫瑰"，笔者认为译为《献给时
间之路上的玫瑰》更妥。

叶芝在诗题中点明，他的玫瑰不是几千年来作为爱情象征的玫瑰，而是一朵受难的玫瑰。他没有写常用的"cross"，而是用"rood"一词表示"十字架"。"rood"的古英语词根是"大树"，后来演变为用来制作十字架的树木，到了中古英语中，被用来专指基督受难的十字架。玫瑰本质上是一个环形的封闭意象，在法、德等众多欧洲语言中，玫瑰是一个阴性名词，十字架则是一个向空间中无限伸展的开放意象，上述语言中"rood"皆是阳性名词。

诗题中，一朵阴性的玫瑰被钉上阳性的十字架，预示了全诗欲消弭对立、整合矛盾的雄心。

更何况这是一座"时间的十字架"。作为受难十字架的"rood"，既暗示时间的终结——作为"忧患之子"（Man of Sorrows）死去的耶稣，又预示对时间的克服——复活后以"庄严天主"（Majestas Domini）的形象出现的耶稣。

在这首诗中，十字架是时间被重新定义之所，它的横木与立柱交汇之处是玫瑰的栖身地，也是"美"重新出发的地方，是诗人对艺术的再定义。

1907年，叶芝写道："艺术的高贵之处在于混合对立之物，极端的悲伤，极端的喜悦……它（艺术）的红玫瑰朝着十字架的两臂交错处绽放。"

这首诗中的意象可分为"玫瑰的"和"十字架的"两类。前者涵盖自然界中转瞬即逝的、真实的美好之物。叶芝认为它们"命若蜉蝣"，但并不因此就无价值：这些易逝之物无比真实的"渴望"同样值得倾听。叶芝要求真正的诗人"倾听那些奇闻怪事"，即那些以光明之心而歌的"属十字架的"事物：在海面起舞的老去的星星口中的旋律，还有库丘林（中古爱尔兰语史诗《夺牛记》中早逝的英雄）、弗格斯（库丘林的养父，被剥夺王位而被放逐的厄斯特国王）、德鲁伊祭司等借着死亡早早步入了永恒之疆域的神话人物。这些神话中的悲剧英雄们在叶芝那里同时是"老爱尔"（Eire）及其血泪斑斑的历史的象征。攀缘着时间的十字架，这些人与事从流变易朽的尘世升入永生超验的国度，进入凌驾于自然界规律之上的纯然狂喜的世界。两个世界虽显著对立但并非绝对不可逾越，逾越的秘密就在于掌握那种"人类不懂的语言"，诗的语言，纯粹歌咏的语言。

诗作为一种秘教的入会仪式，对诗性语言的领悟作为一种窥见真理的资格筛选，在本诗中还有更加具体的所指，也就是与"十字架玫瑰"有直接渊源的"玫瑰十字会"。

17世纪，玄学运动"玫瑰十字会"的创立人克里斯蒂安·罗森克鲁兹（Christian Rosencreuz）的名字（自撰名），直译就是"基督·玫瑰十字"。罗森克鲁兹相信自己是从坟墓中复活的拉撒路（Lazarus），

丰驯服，他允许柏勒洛丰骑着他和怪兽喀迈拉战斗。当柏勒洛丰试着骑他前往奥林匹斯山时，他让柏勒洛丰从马背上摔下来。宙斯将他变成飞马座，放置在天空中。

5，

另一位（This other）：指托马斯·麦克唐纳（Thomas McDonell），诗人、评论家、都柏林大学教授，起义失败后遇害。

6，

另一个人（This other man）：指约翰·麦克布莱德，起义军军官，茅德·冈的与之分居了的丈夫，起义时他们已分居多年，起义失败后遇害。

7，

我最心爱的人（some who are near my heart）：指茅德·冈。

8，

荒诞喜剧（casual comedy）：指起义前爱尔兰平庸的生活。意为诗人也摆脱了无聊平庸的生活，投入了起义的悲剧之中。

9，

感谢你所做所说的一切（For all that is done and said）：1914年9月，英国国会通过的爱尔兰自治法案，因第一次世界大战爆发而延缓实施。又因这次起义，有人谣传英国政府打算取消该法案。

10，

康诺利（Connolly）：詹姆斯·康诺利（James Connolly），爱尔兰社会主义运动领导人、爱尔兰工会领袖、国民军创建者和总司令，起义失败后遇害。生于苏格兰爱丁堡的牛门地区的一个爱尔兰移民家庭。

11，

只要有地方佩戴绿色（Wherever green is worn）：绿色是爱尔兰的国色。歌颂1798年起义的歌曲有《佩戴绿色》《我的披风上的绿色》等。

注

1,

1916 年 4 月 24 日，爱尔兰共和兄弟会在都柏林发动起义，宣告爱尔兰共和国成立，约七百人的爱尔兰志愿者军队占领了部分市区。至 29 日，起义被英军镇压，约五百人牺牲，一千多人受伤，十五名起义领导人被处决。

英国统治爱尔兰长达几百年，为争取民族独立，爱尔兰人民进行过不屈不挠的斗争，举行过多次起义，皆失败。爱尔兰人民要求独立，英国政府一直充耳不闻。政治上被奴役，经济落后，生活贫困，使爱尔兰的民族主义者、爱国者奋起寻求社会改革。这是 1916 年 4 月 24 日起义的根本原因。

起义的直接原因是英国政府借口第一次世界大战爆发，拒不实施 1913 年议会已通过的爱尔兰自治法案，致使爱尔兰人民多年的希望破灭。大多数人感到除用暴力推翻英国的统治外，别无他法。在爱尔兰共和兄弟会领导人詹姆斯·康诺利、卡西米尔·约瑟夫·杜宁·马尔凯维奇、帕垂克·皮尔斯、托马斯·麦克唐纳、约翰·麦克布莱德等人的领导下，起义终于在 1916 年 4 月 24 日于都柏林爆发，当天刚好是复活节，故被称为"复活节起义"。

消息传来，正在法国的叶芝十分震惊。当他得知被杀害的领导人中有些是他的朋友，心情十分沉重。他为朋友们的爱国行为感动，同情并怀念他们。感动、愤慨、同情、怀念，百感交集，他再也不能沉默，他要抒发他的感情，让同胞们了解这个悲壮事件的意义。

1916 年 5 月 11 日，叶芝写信给格雷戈里夫人："都柏林的悲剧事件令人极为忧虑和悲愤。""我没有想到社会上的一件大事竟如此深深地打动了我。""毫无疑问，有许多判决是不公正的。""我打算写一首关于就义者的诗——严酷的美再次诞生了。"起义领导者被杀害后，叶芝诗的草稿写成，最后定稿是在 1916 年 9 月 25 日，随后就发表在他的友人克莱门特·肖特私人印刷的小册上。

2,

那个女人（That woman）：指康斯坦丝·戈尔·布斯。她出身名门，1900 年嫁给波兰伯爵卡西米尔·约瑟夫·杜宁·马尔凯维奇，起义期间任爱尔兰共和兄弟会志愿军军官。叶芝认为她热衷政治是对美的丧失。

3,

这个男人（This man）：指帕垂克·皮尔斯。他是律师兼诗人，是都柏林郡圣恩达学校的创建者，曾任共和兄弟会主席，起义失败后遇害。

4,

共乘我们的飞马（rode our winged horse）：希腊神话中的飞马珀伽索斯蹄踏之处有泉水喷出，诗人从中获得灵感。珀伽索斯（Pegasus），希腊神话中最著名的奇幻生物之一，为美杜莎与海神波塞冬所生。他是一个长有双翼的白色神马。他的母亲美杜莎被割下头颅时，他和兄弟巨人克律萨俄耳一起出生。希腊罗马诗人曾描写他出生后升天拜见众神之王宙斯，宙斯指示他从奥林巴斯带来闪电和雷声。他被希腊英雄柏勒洛

其标志性文书《玫瑰十字会宣言》（*Rosicrucian Manifestos*）亦声称该会"建立在古老过往的玄奥真理之上"，致力于揭示"不对普通人显露的，关于自然界、宇宙和精神领域的洞见"。

"玫瑰十字会"糅合了卡巴拉神秘主义和基督教核心意象，对后世的影响很深，甚至在以理性著称的 18 世纪，仍被称作"玫瑰十字启蒙运动"。

对各种玄学理论终生保持兴趣，并且自己也是"金色黎明秘术修道会"等玄学组织高等会员的叶芝，更是多年研习"玫瑰十字会"教义。

其中就包括这样一条：可感知的物理世界是从精神世界弥散（*emanation*）出来的一系列世界中最低级的，它与精神实相阶梯性相连。

叶芝留下的笔记（今藏于爱尔兰国家图书馆地下室）显示，他在沉迷"玫瑰十字会"教义的同时，又在研究印度哲学，并将后者理解为"大体认为尘世或色相皆是虚幻的"。

在《献给时间之路上的玫瑰》中，可以看到叶芝对两种理解世界的不同模式的整饬、消化。

"玫瑰十字会模式"具有强烈的泛灵论倾向，相信真理以自然界万物的面貌无处不在地呈现；而"印度教模式"认为至高的真理是没有图像的。前者使诗中的象征主义成为可能，后者则提醒读者逃离的必要性。

在看似矛盾的思维模式中，叶芝发现了它们共生的可能。这也是他在本诗，乃至整部《玫瑰之恋》中致力完成的一件事。

《献给时间之路上的玫瑰》是一首在批评史上没有得到足够重视的杰作，其中的玫瑰意象不仅体现了诗人对"玫瑰十字会"等玄学思潮的探索和反省，也体现了诗人对挚爱终生的茅德·冈的呼唤，对故乡复杂深重的感情，以及渴望定义爱尔兰民族精神的文学野心。

"伴我终生的红玫瑰，骄傲的玫瑰，悲哀的玫瑰！"本诗中的玫瑰不仅将所有的美集于一个意象，成为"永恒不朽之美"的化身，更成为一切崇高、值得渴望之事的符号，一个所有的上升之力汇聚的轴心，一种"象征学的象征"。

1925 年，叶芝在笔记中写道："《玫瑰之恋》中被象征的品质与雪莱的智性之美不同……我想象它（玫瑰）与人类共同受苦，而不是某种从远处被追求和眺望的东西。"

在《献给时间之路上的玫瑰》中，"玫瑰"与"十字架"彼此消弭为一种无限的暗示性，阴阳相糅，元素交融，易朽的玫瑰经由"十字架化"而超越时间。

安伯托·艾柯（*Umberto Eco*）隐有所指的《玫瑰之名》（*The Name of the Rose*），在叶芝这里，已升华为探索真理的动态能量，是还没有蜕化成一个名词的、不断"玫瑰着"的一朵"元玫瑰"。

2，

库丘林（*Cuchulain*）：古爱尔兰红枝英雄传奇中最伟大的武士，因误杀亲生儿子而发疯与大海搏斗。库丘林拔刀与大海战斗，即使不能战胜大海，也丝毫不减决心，这是爱尔兰民族独立运动的精神写照。

3，

德鲁伊（*Druid*）：此处特指古凯尔特人的祭司、巫师，他们精通魔法、医术、占卜等，在古爱尔兰等地享有崇高地位。北爱尔兰厄斯特国王弗格斯曾向他的祭司寻求过梦的智慧。

众心只有一个目标
经过盛夏和严冬
似乎被魔法变成了顽石
来搅扰生活的泉流。
从路上走来的马，
骑手，飞翔的鸟儿
从一片片云彩到翻滚的云彩，
它们一分钟一分钟地变化；
溪流上的云影
每分钟都在变化；
马蹄滑在溪水边，
一匹马在里面扑腾；
长腿水鸡向水里跳跃，
母鸡向沼地公鸡叫唤；
他们一分钟一分钟地活着：
顽石就在所有一切东西中间。

牺牲太久了
久得足以把心灵变成顽石。
何时才能足够？
只有天意决定，而我们
一个接一个地喃喃诉说，
就像母亲呼唤孩子的名字
当睡意终于来临
在疯狂奔跑的肢体上。
除了黄昏还有什么？
不，不，不是黑夜，而是死亡；
这死亡是否值得？
因为英格兰可以保持信仰
感谢你所做所说的一切[9]。
我们知道了他们的梦想；足矣
现在他们梦过且死去
如果过度的爱
让他们困惑至死又如何？
我把它写在这首诗里——
麦克唐纳和麦克布莱德
还有康诺利[10]和皮尔斯
无论现在还是将来，
只要有地方佩戴绿色[11]，
他们都会改变，彻底改变，
一种可怕的美已经诞生。
1916 年 9 月 25 日

1916 年复活节[1]

我在黄昏时遇见他们
一张张鲜活的面容
从十八世纪房间的
灰色柜台或书桌上走来。
我点了点头就过去了
或礼貌地寒暄，
或者徘徊片刻，聊
礼貌无意义的闲话，
我还没想好
讥讽的故事或嘲弄之词
取悦同伴
在俱乐部的炉火旁，
我确信和他们
不过是住在丑角般生活的地方：
一切都变了，完全变了：
一种可怕的美已经诞生。

那个女人[2]的白天已经过去
怀着无知的善意，
她争吵在夜晚
直到她的嗓音刺耳。
有什么声音比她的声音更甜美
年轻美丽的时候，
当她骑马行猎？
这个男人[3]开了一所学校
共乘我们的飞马[4]；
另一位[5]是他的助手和朋友
帮他仔细谋划；
他最终也许会成名，
他的天性如此敏锐，
他的思想如此大胆而甜蜜。

我还想到另一个人[6]
醉醺醺的、虚荣的笨蛋。
对我最心爱的人[7]
他有过最刻薄的行为，
然而我在诗中仍把他提起；
他已辞去了
在荒诞喜剧[8]中扮演的角色；
轮到他上场的时候，他也变了，
彻底地改变了：
一种可怕的美已经诞生。

4,

弗格斯（*Fergus*）：爱尔兰传说中的北爱尔兰厄斯特国王，库丘林的养父，被人用计骗去王位，放逐进入林中隐居。

5,

光明之心（*the bright hearts*）：叶芝后来在《自传》第 255 页写道："我不记得我用'光明之心'表示什么意思了，但是稍后我写到'心里有镜子'的精灵。"

6,

学会用一种人类不懂的语言而歌（*And learn to chaunt a tongue men do not know*）：可能指叶芝在"金色黎明秘术修道会"中学习的秘密咒语或术语。

7,

古老的艾尔之歌（*old Eire*）：爱尔兰的盖尔语名称。原为古神话中"妲奴部族"女神名，后被用于指爱尔兰早期居民中的一族。

Hearts with one purpose alone
Through summer and winter seem
Enchanted to a stone
To trouble the living stream.
The horse that comes from the road,
The rider,the birds that range
From cloud to tumbling cloud,
Minute by minute they change;
A shadow of cloud on the stream
Changes minute by minute;
A horse-hoof slides on the brim,
And a horse plashes within it;
The long-legged moor-hens dive,
And hens to moor-cocks call;
Minute by minute they live:
The stone's in the midst of all.

Too long a sacrifice
Can make a stone of the heart.
O when may it suffice?
That is Heaven's part,our part
To murmur name upon name,
As a mother names her child
When sleep at last has come
On limbs that had run wild.
What is it but nightfall?
No,no,not night but death;
Was it needless death after all?
For England may keep faith
For all that is done and said.
We know their dream; enough
To know they dreamed and are dead
And what if excess of love
Bewildered them till they died?
I write it out in a verse-
MacDonagh and MacBride
And Connolly and Pearse
Now and in time to be,
Wherever green is worn,
Are changed,changed utterly:
A terrible beauty is born.
25 September,1916

Easter 1916

I have met them at close of day
Coming with vivid faces
From counter or desk among grey
Eighteenth-century houses.
I have passed with a nod of the head
Or polite meaningless words,
Or have lingered awhile and said
Polite meaningless words,
And thought before I had done
Of a mocking tale or a gibe
To please a companion
Around the fire at the club,
Being certain that they and I
But lived where motley is worn:
All changed,changed utterly:
A terrible beauty is born.

That woman's days were spent
In ignorant good-will,
Her nights in argument
Until her voice grew shrill.
What voice more sweet than hers
When,young and beautiful,
She rode to harriers?
This man had kept a school
And rode our winged horse;
This other his helper and friend
Was coming into his force;
He might have won fame in the end,
So sensitive his nature seemed,
So daring and sweet his thought.
This other man I had dreamed
A drunken,vainglorious lout.
He had done most bitter wrong
To some who are near my heart,
Yet I number him in the song;
He,too,has resigned his part
In the casual comedy;
He,too,has been changed in his turn,
Transformed utterly:
A terrible beauty is born.

Fergus and the Druid

FERGUS.This whole day have I followed in the rocks,
    And you have changed and flowed from shape to shape:
    First as a raven on whose ancient wings
    Scarcely a feather lingered; then you seemed
    A weasel moving on from stone to stone,
    And now at last you wear a human shape—
    A thin grey man half lost in gathering night.

DRUID.What would you, king of the proud Red Branch
kings?

FERGUS.This would I say, most wise of living souls:
    Young,subtle Concobar sat close by me
    When I gave judgment, and his words were wise,
    And what to me was burden without end,
    To him seemed easy; So I laid the crown
    Upon his head to cast away my sorrow.

DRUID.What would you, king of the proud Red Branch
kings?

FERGUS.A king and proud! and that is my despair.
    I feast amid my people on the hill,
    And pace the woods, and drive my chariot wheels
    In the white border of the murmuring sea,
    But still I feel the crown upon my head.

DRUID.What would you?

FERGUS.I would be no more a king,
    But learn the dreaming wisdom that is yours.

DRUID.Look on my thin grey hair and hollow cheeks,
    And on these hands that may not lift the sword,
    This body trembling like a wind-blown reed:
    No maiden loves me,no man seeks my help,
    Because I be not of the thing I dream.

FERGUS. A wild and foolish labourer is a king
To do and do and do, and never dream.

DRUID. Take then this small slate-coloured bag of dreams:
Unloose the cord, and they will wrap you round.

FERGUS   [having unloosed the cord] .

I see my life go dripping like a stream
From change to change! I have been many things:
A green drop in the surge, a gleam of light
Upon a sword, a fir tree on a hill,
An old slave grinding at a heavy quern,
A king sitting upon a chair of gold;
And all these things were wonderful andg great.
But now I have grown nothing, being all:
And in my heart the daemon and the gods
Wage an eternal battle, and I feel
The pain of wounds, the labour of the spear,
But have no share in loss or victory.

弗格斯和德鲁伊 [1]

弗格斯： 这一整天我都在岩石间追寻，
你却频频变形从一个形状成另一个形状：
先是一只长着古老翅膀的乌鸦
几乎没有一根羽毛留下；然后你好似
乱石间流窜的黄鼠狼；
如今你终于披上了人的外形——
骨瘦鬓斑地迷失在渐浓的夜色中 [2]。

德鲁伊： 你会怎样，骄傲的红枝王中王？

弗格斯： 我要说，最聪明的活着的灵魂：
年轻的康科巴 [3] 坐在我身边
当我决疑判断，他的话是明智的，
对我来说是无尽的负担，
对他似乎很容易；所以我把王冠
戴在他的头上以抛却我的忧伤。

德鲁伊： 你会怎样，骄傲的红枝王中王？

弗格斯： 一个骄傲的国王！这就是我的绝望。
如今我在山上与我的人民一起欢宴，
在树林里漫步，开着我的小车
在潺潺大海的白色边岸，
但我仍能感觉到皇冠在头上。

德鲁伊： 你会怎样？

弗格斯： 不再为王，
但要学会你的梦想智慧。

Easter 1916

I have met them at close of day
Coming with vivid faces
From counter or desk among grey
Eighteenth-century houses.
I have passed with a nod of the head
Or polite meaningless words,
Or have lingered awhile and said
Polite meaningless words,
And thought before I had done
Of a mocking tale or a gibe
To please a companion
Around the fire at the club,
Being certain that they and I
But lived where motley is worn:
All changed, changed utterly:
A terrible beauty is born.

That woman's days were spent
In ignorant good-will,
Her nights in argument
Until her voice grew shrill.
What voice more sweet than hers
When, young and beautiful,
She rode to harriers?
This man had kept a school
And rode our wingèd horse;
This other his helper and friend
Was coming into his force;
He might have won fame in the end,
So sensitive his nature seemed,

106

德鲁伊：看看我这灰白的头发和凹陷的脸颊，
　　　　在这不可能举起剑的手上，
　　　　身体似被风吹动的芦苇一样颤抖：
　　　　没有少女爱我，没有男人寻求我的帮助，
　　　　因此我不是你梦寐以求的人。

弗格斯：国王不过是个疯狂愚蠢的劳动者
　　　　浪费他的血液来成就他人的梦想。

德鲁伊：你一定要就拿去这个梦想袋吧：
　　　　解开绳子，梦幻就会把你包裹。

弗格斯（解开绳子）。

我看见我的生命像一条小溪一去不返
从改变到改变！我经历了很多事情：
浪涌中的绿色水滴，一道亮光
在剑上，山上的一棵冷杉，
老奴在沉重的牢骚声中磨磨蹭蹭，
国王坐在金座上[4]；
所有这些都很好。
但现在我什么也没有[5]：
在我心中，守护者和众神
展开一场永恒的战斗，我感到
伤口的疼痛，挥戈长矛的艰辛，
但在失败或胜利中没有任何份额。

注

1，

本诗作于 1914 年 6 月 4 日。

2，

康纳玛拉（*Connemara*）：爱尔兰斯莱戈郡的一个风景区，贫瘠多石，
民风淳朴。

3，

指约翰·米林顿·辛格，爱尔兰伟大的剧作家，爱尔兰文学复兴运动的
领导人，以高超的现实主义和象征主义交错的手法写出了栩栩如生的爱
尔兰农民与小手艺人的形象。他的《骑马下海的人》《西方世界的花花
公子》《补锅匠的婚礼》都是脍炙人口的名篇。其中《骑马下海的人》
是辛格最具代表性的作品，这部作品展现了当时爱尔兰社会的方方面面，
极大地激发了爱尔兰人民的爱国情怀，堪称爱尔兰的一面坦诚的镜子。
他是叶芝欣赏和提携的后辈作家。

4，

指茅德·冈的丈夫约翰·麦克布莱德，他常常酗酒，酒后经常骚扰茅
德·冈的妹妹和女儿。

渔 夫[1]

虽然我还能看见他，
那个满脸雀斑的男人
到山上一个昏暗的地方
穿着灰色的康纳玛拉[2]装
黎明时分，就开始垂钓，
已经过去很久了，
自从我开始回想
这纯朴的智者脸庞。
整天我都凝视着他的脸
希望能找到我想要
为我的民族和现实的表现
写下的人情风貌；
我讨厌的苟活之众
我所爱慕的死者[3]，
那在位的懦夫，
未受责罚的恶棍，
那逍遥法外的白痴
他赢得了醉酒的喝彩，
那花言巧语的坏蛋[4]
他那媚俗的笑料，
哭泣的聪明人
小丑一样的尖叫声，
把智者击败
把伟大的艺术打倒。
也许十二个月后
我又突然开始，
蔑视观众，
幻想起这个人，
还是满脸的雀斑，
身穿灰色的康纳玛拉装，
攀爬上水花起伏
岩石潮黑的地方，
他手腕的向下转动
当钓饵落入流水
一个不存在的人，
一个只不过是梦中的人；
然后喊道："在我老之前
我本该给他写上一段
这首诗也许冷热相间
情如黎明。"

注

1,

1889年叶芝注："我是根据罗埃之子弗格斯的事迹塑造的'那骄傲的好做梦的国王'，但是在我写作这首诗和我早年的书《谁和弗格斯一起去？》中的歌时，我仅从斯丹迪士·欧格莱蒂先生的作品中得知他，我的想象力当时自由地处理我所知的，今天我不会赞同。"

他在《校刊本》第795页注明弗格斯是"红枝系列中的诗人……曾是全爱尔兰的王，据塞缪尔·弗格斯（Samuel Ferguson）整理的传说，他放弃了王位，以便在森林里过平静的狩猎生活"。

塞缪尔·弗格斯根据民间故事和勇士传奇写成了《西部盖尔族叙事诗》（Lays of the Western Gael, 1865）、《康格尔》（Congal, 1872），为读者展现了一个富有想象力的世界。在北爱尔兰或红枝英雄传说故事中，弗格斯不是诗人，从未做过全爱尔兰的王，而是北爱尔兰王、红枝英雄的首领，被他的寡嫂兼王后赖斯用计哄骗，让位给她的儿子康科巴。赖斯原是北爱尔兰王"巨人"法赫纳之妻，生子康科巴。法赫纳死后，因康科巴尚年幼，其异母弟弟弗格斯继位。弗格斯甚爱赖斯，欲娶之。她乘机提出条件说："让吾子享位一年，好让他的后裔为王者种。"弗格斯同意了。但一年期满，因康科巴统治圣明，人民要求他继续在位；而弗格斯又耽于宴饮射猎，于是他就到林中隐居，以静修和梦术等方法获取诗人、哲人的痛苦智慧。

德鲁伊：古代凯尔特人的祭司。

2,

骨瘦鬈斑地迷失在渐浓的夜色中（A thin grey man half lost in gathering night）：德鲁伊施展的变化之术。

3,

康科巴（Concobar）：弗格斯的继子和继承者，红枝英雄传说中的北爱尔兰王。

4,

国王坐在金座上（A king sitting upon a chair of gold）：灵魂的转世轮回。

5,

但现在我什么也没有（But now I have grown nothing, being all）：生命消逝，智慧增长。德鲁伊的梦使弗格斯洞知一切，但觉自身空无。

The Rose of the World

Who dreamed that beauty passes like a dream?
For these red lips,with all their mournful pride,
Mournful that no new wonder may betide,
Troy passed away in one high funeral gleam,
And Usna's children died.

We and the labouring world are passing by:
Amid men's souls,that waver and give place
Like the pale waters in their wintry race,
Under the passing stars,foam of the sky,
Lives on this lonely face.

Bow down,archangels,in your dim abode:
Before you were,or any hearts to beat,
Weary and kind one lingered by His seat;
He made the world to be a grassy road
Before her wandering feet.

The Fisherman

Although I can see him still,
The freckled man who goes
To a grey place on a hill
In grey Connemara clothes
At dawn to cast his flies,
It's long since I began
To call up to the eyes
This wise and simple man.
All day I'd looked in the face
What I had hoped it would be
To write for my own race
And the reality;
The living men that I hate
The dead man that I loved,
The craven man in his seat,
The insolent unreproved,
And no knave brought to book
Who has won a drunken cheer,
The witty man and his joke
Aimed at the commonest ear,
The clever man who cries
The catch-cries of the clown,
The beating down of the wise
And great Art beaten down.
Maybe a twelvemonth since
Suddenly I began,
In scorn of this audience,
Imagining a man,
And his sun-freckled face,
And grey Connemara cloth,
Climbing up to a place
Where stone is dark under froth,
And the down-turn of his wrist
When the flies drop in the stream;
A man who does not exist,
A man who is but a dream;
And cried,"Before I am old
I shall have written him one
Poem maybe as cold
And passionate as the dawn."

世界的玫瑰 [1]

谁梦见美如梦一样消逝？
为了这些红唇，带着他们含怨的骄傲，
悲哀的是，没有新的奇迹出现，
特洛伊在葬礼的一道亮光中焚毁 [2]，
尤纳的孩子们也死了 [3]。

我们与这辛劳的世界一起：
在人的灵魂中掠过，那动摇和退却
仿佛冬日里苍白的海水，
在泡沫般流逝的星空下，
仅存着孤独的面容 [4]。

鞠躬吧，大天使们，在你们昏暗的居所里：
在你之前，或者任何心跳之前，
疲惫而善良的人 [5] 在神座旁徘徊；
神把这世界建成一条绿草如茵的道路
铺现在她浪迹天涯的双脚前。

The Fisherman

Although I can see him still,
The freckled man who goes
To a grey place on a hill
In grey Connemara clothes
At dawn to cast his flies,
It's long since I began
To call up to the eyes
This wise and simple man.
All day I'd looked in the face
What I had hoped 'twould be
To write for my own race
And the reality;
The living men that I hate
The dead man that I loved,
The craven man in his seat,
The insolent unreproved,
And no knave brought to book
Who has won a drunken cheer,
The witty man and his joke
Aimed at the commonest ear,
The clever man who cries
The catch-cries of the clown,
The beating down of the wise
And great Art beaten down.

104

注

1，

原诗作于 1891 年，是叶芝赠给茅德·冈的诗，原题是拉丁文。玫瑰是理性美或爱的象征，不同于雪莱或斯宾塞的理性美，叶芝的玫瑰是与人类一同受难的美。

2，

在希腊神话中，特洛伊王子帕里斯（*Paris*）拐走斯巴达最美的王后海伦，引发了一场为期十年的特洛伊鏖战，最终特洛伊城被希腊人焚毁。

注

1，

此篇作于 1902 年 11 月 20 日，是叶芝给茅德·冈的赠诗。

《旧约·创世记》第 3 章第 17 节至第 19 节中提到，上帝因亚当偷吃禁果而把他逐出伊甸园并诅咒他说："你必终身劳苦，才能从地里得到吃的……你必汗流满面才得糊口，直到你归了土……"

2，

本句中的"你"指茅德·冈。"她"指茅德·冈的异母妹妹凯瑟琳·皮尔彻太太。

诗写叶芝与所爱之人茅德·冈及女友在黄昏时的一次闲谈，抒发了诗人对没有回报的爱情的倦怠。

本诗体现出作者流畅而不露痕迹的口语体，如诗中所言："一行诗有时可能要花我们几个小时；然而，如果这不似刹那间的灵感，我们的推敲便毫无价值。"

3，

然而，现在看来，这些都徒劳无益（*Yet now it seems an idle trade enough*）：指爱情这件事情现在在人们的眼里是不需要费多大力气的事，算是偷懒的事情。前面说作诗之人是"懒汉"（*an idler*），这里说求爱也是"偷懒的行当"（*idle trade*），这是两个错误的认识。中间爱人的女友说美丽是劳作得来的，诗人用这三个例子（诗歌、美丽、爱情）来说明亚当堕落之后，没有什么美好的东西是不需要辛勤劳作就能得到的。

4，

年深日久的岁月中碎裂（*Broke in days and years*）：这里的"*break*"意为"*emerge from the surface of a body of water*"（从水面冒出来），例句如"*The whales broke*"（鲸鱼出水）。

亚当的诅咒[1]

我们在夏天结束的时候坐在一起，
有你的密友，她温柔而美丽[2]，
还有你和我，谈论诗歌。

我说："一行诗有时可能要花我们几个小时；
然而，如果这不似刹那间的灵感，
我们的推敲便毫无价值。
还不如弓背趴在地上
擦洗厨房的地板，或像一个穷光蛋
无论刮风下雨都要忙着采石；
为了发出悦耳的声音
就要比这一切都更加努力
还要被喧闹的银行家、校长和牧师
殉道者们所谓的世界
视之为游手好闲的懒汉。"
那位美女
用年轻的声音喃喃地说，她的温柔
很多人被她悦耳的声音
温和、低沉地触痛内心：
"我们女性都知道一件事，
虽然我们在学校从没听说过——
我们必须努力使自己变得美丽。"

我说："肯定没有什么好东西
自从亚当倒下，美好的事物需要更多的努力。
有些恋人认为爱情应该
由充满高贵的礼仪构成
他们摆出博学的眼神叹息和引用
美丽的旧书中的先例；
然而，现在看来，这些都徒劳无益[3]。"

提到爱情我们沉寂一片；
我们注视着白昼的余烬消逝，
在颤抖的蓝绿色天空中
一弯残月，消磨得似一个贝壳
被时间之水冲刷，随着时光的涨落
在群星间，年深日久的岁月中碎裂[4]。

我有一个心思只想对你说；
你很美，我也很努力
用古老的爱的方式来爱你；
这一切似乎都很幸福，但我们的心
却像那空洞的月亮一样疲惫。

3,

叶芝在《校刊本》第 779 页注："尤纳（*Usna*）是'黛尔德的恋人奈希和朋友阿尔丹及安利的父亲'。"在爱尔兰传说中，北爱尔兰武士奈希在兄弟阿尔丹和安利的陪伴下，与美女黛尔德私奔到苏格兰，黛尔德被北爱尔兰王康科巴选作王后。之后，他们被康科巴诱回爱尔兰，三兄弟被康科巴的军队杀死。

4,

孤独的面容（*lonely face*）：此处隐指海伦或茅德·冈的面容。

5,

疲惫而善良的人（*Weary and kind one*）：此处隐指海伦，亦影射茅德·冈。传说原诗只有前两段，叶芝写完时正逢茅德·冈登山归来，疲极而和善，叶芝受宠若惊，遂增加了第三段。

The Rose of Peace

If Michael, leader of God's host
When Heaven and Hell are met,
Looked down on you from Heaven's door-post
He would his deeds forget.

Brooding no more upon God's wars
In his divine homestead,
He would go weave out of the stars
A chaplet for your head.

And all folk seeing him bow down,
And white stars tell your praise,
Would come at last to God's great town,
Led on by gentle ways;

And God would bid His warfare cease,
Saying all things were well;
And softly make a rosy peace,
A peace of Heaven with Hell.

61

Adam's Curse

We sat together at one summer's end,
That beautiful mild woman,your close friend,
And you and I,and talked of poetry.

I said: "A line will take us hours maybe;
Yet if it does not seem a moment's thought,
Our stitching and unstitching has been naught.
Better go down upon your marrow bones
And scrub a kitchen pavement,or break stones
Like an old pauper,in all kinds of weather;
For to articulate sweet sounds together
Is to work harder than all these,and yet
Be thought an idler by the noisy set
Of bankers,schoolmasters,and clergymen
The martyrs call the world."
That woman then
Murmured with her young voice,for whose mild sake
There's many a one shall find out all heartache
In finding that it's young and mild and low:
"There is one thing that all we women know,
Although we never heard of it at school—
That we must labour to be beautiful."

I said,"It's certain there is no fine thing
Since Adam's fall but needs much labouring.
There have been lovers who thought love should be
So much compounded of high courtesy
That they would sigh and quote with learned looks
Precedents out of beautiful old books;
Yet now it seems an idle trade enough."

We sat grown quiet at the name of love;
We saw the last embers of daylight die,
And in the trembling blue-green of the sky
A moon,worn as if it had been a shell
Washed by time's waters as they rose and fell
About the stars,and broke in days and years.

I had a thought for no one's but your ears;
That you were beautiful,and that I strove
To love you in the old high way of love;
That it had all seemed happy,and yet we'd grown
As weary hearted as that hollow moon.

The Rose of Peace

If Michael, leader of God's host
When Heaven and Hell are met,
Looked down on you from Heaven's door-post
He would his deeds forget.

Brooding no more upon God's wars
In his divine homestead,
He would go weave out of the stars
A chaplet for your head.

And all folk seeing him bow down,
And white stars tell your praise,
Would come at last to God's great town,
Led on by gentle ways;

And God would bid His warfare cease,
Saying all things were well;
And softly make a rosy peace,
A peace of Heaven with Hell.

和平的玫瑰[1]

如果米迦勒[2]，上帝之主
在天堂和地狱相遇
从天堂之门上俯瞰你
他会忘记自己的军功。

他不再安于神圣的府邸，
为上帝谋划战争，
他将亲手采集满天星辰，
只为给你编织一顶花冠。

世人见他俯首鞠躬，
听见群星把你赞颂，
在温和道路的引领之下，
众生终会到达上帝之城；

上帝将会终止战争，
说一切都会好的[3]；
并温柔地制造玫瑰般的和平，
天堂与地狱的和平。

Later Poems, 1902 — 1938

晚年的诗, 1902 — 1938 年

注

1,

本诗最初发表于 1892 年 2 月 13 日的英国《观察家报》(*The Observer*)。

2,

米迦勒(*Michael*):《圣经》中的天使名,伊甸园的守护者,唯一具有天使长头衔的灵体。米迦勒这个名字的意思是"与神相似"。《圣经》记载,在与撒旦的七日战争中,米迦勒奋力维护神的统治权,将抗神的对手击败。在基督教的绘画与雕塑中,米迦勒经常以金色长发、手持红色十字架(或红色十字形剑)与巨龙搏斗、立于龙身上或与龙成为朋友的少年形象出现。这里的巨龙就是撒旦。

3,

上帝创世时所说,详见《旧约·创世记·第一章》。

The Rose of Battle

Rose of all Roses, Rose of all the World!
The tall thought-woven sails, that flap unfurled
Above the tide of hours, trouble the air,
And God's bell buoyed to be the water's care;
While hushed from fear, or loud with hope,a band
With blown,spray-dabbled hair gather at hand.
Turn if you may from battles never done,
I call, as they go by me one by one,
Danger no refuge holds, and war no peace,
For him who hears love sing and never cease,
Beside her clean-swept hearth, her quiet shade:
But gather all for whom no love hath made
A woven silence, or but came to cast
A song into the air, and singing passed
To smile on the pale dawn; and gather you
Who have sought more than is in rain or dew
Or in the sun and moon,or on the earth,
Or sighs amid the wandering, starry mirth,
Or comes in laughter from the sea's sad lips,
And wage God's battles in the long grey ships.
The sad, the lonely, the insatiable,
To these Old Night shall all her mystery tell;
God's bell has claimed them by the little cry
Of their sad hearts, that may not live nor die.

Rose of all Roses,Rose of all the World!
You, too, have come where the dim tides are hurled
Upon the wharves of sorrow, and heard ring
The bell that calls us on; the sweet far thing.
Beauty grown sad with its eternity
Made you of us, and of the dim grey sea.
Our long ships loose thought-woven sails and wait,
For God has bid them share an equal fate;
And when at last, defeated in His wars,
They have gone down under the same white stars,
We shall no longer hear the little cry
Of our sad hearts, that may not live nor die.

LATER POEMS
1902–1938

战斗的玫瑰 [1]

万紫千红，举世共仰的玫瑰！
高高的思想编织的帆，展开的襟翼
在时间的潮水之上，搅动着空气，
上帝的钟声浮起，令水焦虑；
因恐而静，或因希望而喧哗
浪花吹拂着的头发任风吹浪打。
如果你可以从从未完成的战斗中转身
我呼喊着，当他们一个接一个地从我身边走过
危险没有避难所，战争没有和平，
为那倾听爱情歌唱而永不停息的人，
在她干净的壁炉旁，在她安静的树荫下：
但要聚集一切没有爱的人
一片编织的沉默，或只是来投下
一首歌飘向空中，歌声飞过
在苍白的黎明微笑；把你召集起来
除了雨露，他们还寻求更多的东西
或者在太阳和月亮上，或者在大地上，
或是在星光闪烁的欢乐中叹息，
或者来自大海悲伤的唇间的笑声，
在一艘艘灰色的长舰上与上帝战斗。
悲伤，孤独，无法满足的，
古老的黑夜将告知她全部的神秘；
上帝的钟声以微弱的呼喊声夺走了他们
他们悲伤的心，可能不会活着，也不会死去。

所有玫瑰中的玫瑰，举世共仰的玫瑰！
你们也来到了被投下黯淡潮水的地方
在悲伤的码头上，我听到了
召唤我们的钟声响起；那甜蜜的远方。
美因永恒而悲伤
使你成为我们的一员，成为朦胧灰色的大海的一员。
我们的长舰落下思织的高帆等待，
因为上帝已经命令他们分享同样的命运；
当他最终在战争中被击败时，
它们被同一颗白星所笼罩，
我们再也听不到那小小的哭声了
我们悲伤的心，可能不会活着，也不会死去。

注

1，

此诗原题是《他们出发去战斗但总是倒下》。

A Faery Song

We who are old, old and gay,
O so old!
Thousands of years,thousands of years,
If all were told:

Give to these children,new from the world,
Silence and love;
And the long dew-dropping hours of the night,
And the stars above:

Give to these children, new from the world,
Rest far from men.
Is anything better, anything better?
Tell us it then:

Us who are old, old and gay,
O so old!
Thousands of years, thousands of years,
If all were told.

激情的阵痛 [1]

当充满火焰的诗琴幽扬的天使之门敞开；
当永恒的激情在凡人的泥胎中呼吸；
我们的心忍受着鞭笞、荆棘和道路
满是愁苦的脸，手掌和腋下的创伤
沁满醋液的海绵，汲沦溪 [2] 开满鲜花；
我们会弯下腰来松松你的头发
使它滴下淡淡的幽香，滴下浓稠的甘露，
死亡的百合花苍白的希望，激情的梦想的玫瑰。

注

1,

本诗是叶芝写给奥利维亚·莎士比亚的，诗以耶稣受难的故事为意象，
极具克丽斯蒂娜·罗塞蒂（*Christina Georgina Rossetti*）的风格。

奥利维亚·莎士比亚（*Olivia Shakespear*），原名奥利维亚·塔克，
英国小说家、剧作家、艺术赞助者。她的六部长篇小说与同时代的女作
家风格相似，被称为"婚配问题"小说。她的作品销量很低，有时仅卖
出几百份。她最后的小说《希拉里舅舅》被认为是她最好的作品。1885年，
她嫁给了伦敦的一位律师亨利·霍普·莎士比亚，1886年生下他们唯
一的子女多萝西·莎士比亚（*Dorothy Shakespea*）。1894年，奥利
维亚成为威廉·巴特勒·叶芝的好友，两年后发展出恋情，但在1897
年便告结束。他们的友情保持终身，并一直通信往来。奥利维亚死后，
这些信件被叶芝销毁。1909年，奥利维亚创办了一个沙龙，每周办一次，
埃兹拉·庞德和其他现代主义作家和艺术家经常光顾，这个沙龙在伦敦
文学界颇有影响力。1914年，多萝西·莎士比亚在父母的鼓动下与庞
德结了婚。1926年，他们的孩子奥马尔·庞德出世后，奥利维亚在最
后的岁月中一直担任他的监护人。

2,

汲沦溪（*Kedron stream*）：在耶路撒冷与橄榄山之间。汲沦溪的上
游是基训河，岸两边香柏树茂密成荫。《圣经》中经常提到这条小溪。
耶稣与众门徒经常在这附近的一个花园中聚会，并在这里被犹大出卖
而被捕。

The Travail of Passion

When the flaming lute-thronged angelic door is wide;
When an immortal passion breathes in mortal clay;
Our hearts endure the scourge, the plaited thorns, the way
Crowded with bitter faces, the wounds in palm and side,
The vinegar-heavy sponge, the flowers by Kedron stream;
We will bend down and loosen our hair over you,
That it may drop faint perfume, and be heavy with dew,
Lilies of death-pale hope, roses of passionate dream.

仙 歌 [1]

我们这些老年人，又老又快乐，
啊，这么老了！
几千年，几千岁，
如果全算上：

给这些来自世界的新孩子，
宁静和爱情；
和那漫漫长夜的良辰甘露，
还有天上的星星：

让这些来自世界的新孩子，
相拥安眠。
有更好的吗，有更好的礼物吗？
那么告诉我们：

我们这些又老又快乐的人，
啊，这么老了！
几千年，几千岁，
如果大家都知道的话。

注

1，

1895 年，叶芝解释道，格拉妮娅是"年轻的美女，为逃避年迈的芬恩·麦克库尔（*Fionn mac Cumhaill*）的爱情与狄阿米德私奔。她从一个地方逃到另一个地方，跑遍了爱尔兰，但狄阿米德最终被野猪撞死于斯莱戈本·布尔本山朝海的一角。芬恩·麦克库尔赢得了格拉妮娅的爱情，把倚靠在他颈上的她带回到芬尼亚勇士集会之处，人群爆发出经久不息的欢笑声"。（《校刊本》第 795 页）

芬恩·麦克库尔是凯尔特神话（*Celtic mythology*）中爱尔兰最著名的传奇英雄之一，是古老的盖尔语史诗《芬尼亚传奇》（*Fenian Cyle*）中最重要的人物，也是大名鼎鼎的费奥纳骑士团（*the Fianna*），即"芬尼亚勇士"杰出的领袖。芬恩与他的部下费奥纳勇士们的众多冒险故事是爱尔兰民间传说中极为重要、最受欢迎的部分，它们被爱尔兰人熟知并津津乐道。在 18 世纪英国文人麦克弗森（*Macpherson*）的作用下，有关芬恩等人的诗歌被更加广泛地传播，甚至连歌德和拿破仑都为其着迷。

狄阿米德是芬恩·麦克库尔的侄儿，是费奥纳骑士团的美男子。

The Lake Isle of Innisfree

I will arise and go now, and go to Innisfree,
And a small cabin build there, of clay and wattles made:
Nine bean-rows will I have there, a hive for the honeybee,
And live alone in the bee-loud glade.

And I shall have some peace there, for peace comes dropping slow,
Dropping from the veils of the morning to where the cricket sings;
There midnight's all a glimmer, and noon a purple glow,
And evening full of the linnet's wings.

I will arise and go now, for always night and day
I hear lake water lapping with low sounds by the shore;
While I stand on the roadway, or on the pavements grey,
I hear it in the deep heart's core.

有福的人

● 卡米尔低头喊道，
直到达蒂站起来，
在洞口眨了眨眼
在风和树林之间。

卡米尔弯着膝盖说：
"我是从刮风的路上来的
为求取你一半的幸福
在你祈祷的时候向你学祈祷。

● "我可以为你从河里捕来鲑鱼
从空中抓来苍鹭。"
但达蒂双手合十，微笑着
在他眼里含有上帝的秘密。

卡米尔看到的就像一股飘散的烟雾
所有受祝福的灵魂，
女人和孩子，拿着书的年轻人，
还有手握权杖和身披祭衣的老人。

"赞美上帝和上帝的母亲，"达蒂说，
"因为上帝和上帝的母亲
是世上最幸福的灵魂
让你的心充满满足。"

"哪一个是最幸福的，"卡米尔说，
"哪里的一切都美丽而美好？
是手持金色的香炉
在树林里歌唱的人吗？"

"我的眼睛在眨，"达蒂说，
"带着上帝的秘密而半盲，
但我能看到风的方向
跟随风的方向；

"幸福随风而去，
当它消失时，我们就死了；
我看到了世界上最幸福的灵魂
他醉醺醺地点了点头。

"啊，幸福在黑夜和白昼降临
智慧的心知道什么；
人们从酒的红色中看到了这一点
那不枯萎的玫瑰，

"那昏昏欲睡的树叶落在他的身上
欲望的甜蜜，
当时间和世界渐渐消逝
在露珠和火焰的微光中。"

The Blessed

Cumhal called out,bending his head,
Till Dathi came and stood,
With a blink in his eyes,at the cave-mouth
Between the wind and the wood.

And Cumhal said,bending his knees,
"I have come by the windy way
To gather the half of your blessedness
And learn to pray when you pray.

"I can bring you salmon out of the streams
And heron out of the skies."
But Dathi folded his hands and smiled
With the secrets of God in his eyes.

And Cumhal saw like a drifting smoke
All manner of blessed souls,
Women and children,young men with books,
And old men with croziers and stoles.

"Praise God and God's Mother,"Dathi said,
"For God and God's Mother have sent
The blessedest souls that walk in the world
To fill your heart with content."

"And which is the blessedest,"Cumhal said,
"Where all are comely and good?
Is it these that with golden thuribles
Are singing about the wood?"

"My eyes are blinking,"Dathi said,
"With the secrets of God half blind,
But I can see where the wind goes
And follow the way of the wind;

"And blessedness goes where the wind goes,
And when it is gone we are dead;
I see the blessedest soul in the world
And he nods a drunken head.

"O blessedness comes in the night and the day
And whither the wise heart knows;
And one has seen in the redness of wine
The Incorruptible Rose,

"That drowsily drops faint leaves on him
And the sweetness of desire,
While time and the world are ebbing away
In twilights of dew and of fire."

茵梦湖岛 [1]

我现在就启程，去茵梦湖岛 [2]，
在那里用黏土和荆棘筑起一间小屋：
我要种九垄芸豆，养一箱蜜蜂，
独居在这蜂鸣的林间幽处。

我会在那里得到平静，平静会缓缓降临，
从晨曦的面纱中飘落到蟋蟀歌唱的地方；
那儿午夜微光幽幽，正午紫红灼灼，
黄昏暮色里到处飞舞着红雀的翅膀。

我现在就要动身前往，因为日日夜夜
我听见湖水轻轻地拍打着堤岸；
无论我站在马路，或是在灰色的人行道上，
我的心灵深处总听到它的召唤。

茵梦湖岛 [1]

注

1，

本诗是叶芝 1888 年 12 月间的作品，诗人用朴实的语言和生动的意象描绘了对田园自由生活的喜爱。诗人在这首传统的诗中毫不掩饰地表达了自己对这远离尘嚣的小岛的向往。它是叶芝为自己创造的隐居之地，是他在现实世界中用理想和美好想象构建的艺术乌托邦。

"Innisfree" 音译为"因尼斯弗里"，盖尔语，意为"石楠花岛"，是斯莱戈吉尔湖中的小岛名，笔者将其意译为"氤梦湖岛"。

1887 年，叶芝移居伦敦，看到了世纪末英国社会的萧条景象，产生了对都市现实生活的不满。因此，他用城市令人沮丧的环境，如灰色的人行道作为象征符号来暗示这一景象。《氤梦湖岛》中体现了诗人用意象精心营造起来的浪漫主义诗歌境界。

全诗三段，表达了叶芝理想中世界的模样。

第一段起始就描述了叶芝的期盼：我就要起身，到氤梦湖岛。它是一个理性的意象（conceptual image）。接着叶芝罗列了他要做的事情：造茅屋、养蜜蜂、种芸豆……叶芝借物抒情，表达了对这样宁静悠然生活的向往追求，表明诗人远离乌烟瘴气的现实社会、选择宁静的自然生活的意愿和决心。

第二段，叶芝想象氤梦湖岛上日夜相接的景象：安宁降临，从晨纱滴落到蟋蟀歌吟之地；这儿半夜闪着微光，中午染着紫彩，黄昏织满红雀的翅膀。叶芝深受画师父亲的影响，此段对颜色的渲染给氤梦湖岛披上了一层神秘的面纱，体现出叶芝超然而脱离现实世界的倾向。

第三段再次说明：我就要起身走了。氤梦湖岛上的美景，美到现实世界

黑猪谷[1]

露珠缓缓落下，梦聚在一起：未知的矛
突然击碎我的梦境呼啸而过，
然后是溃败骑兵的冲突和呐喊
一支无名的军队在我耳边交鸣震荡着铁蹄之音。

我们这些依然在岸上劳作的人，
当白昼沉入露水，傍着山海的灰石，
厌倦了世间的帝国，我们向你鞠躬，
寂静的星星和燃烧之门的主人[2]。

注

1，

关于此篇，叶芝在《叶芝诗集新编》第591页至第592页注道："在
爱尔兰流传着有关爱尔兰的敌人将在某个黑猪谷中溃败的预言，这些预
言现在无疑是一种政治力量，一如在芬尼亚时代。在我出世前几年，一
位住在斯莱戈利撒德尔的老人常常晕倒，他在昏迷状态下叙说关于那场
大战的景象；斯莱戈还有一个人曾告诉我，那将是一场极其惨烈的大
战，战马将蹚着没蹄的鲜血驰走，战斗结束后，马肚带将慢慢朽烂，从
马腹上掉落，因为没有一只手去为它们解开。如果读一读赖斯受詹姆
斯·乔治·弗雷泽（James George Frazer）《金枝》（The Golden
Bough）的启发所写的《凯尔特异教国》，把其中关于杀死狄阿米德的
野猪和其他古凯尔特有关公猪母猪的传说放在一起，就会看出那战役是
神话性质的，那以之命名的猪则一定是寒冷和冬季与夏季战斗，或死亡
与生命战斗的象征。"

2，

主人（master）：指上帝。

根本无法阻拦他的脚步：从早到晚，从夜到朝，湖水在不断地轻轻拍岸，
它在我的心灵深处呼唤。

在叶芝营造的这个美丽宁静的小岛中，有两类意象，一是理想中美的意
象，二是现实社会中黑暗的意象。

《氰梦湖岛》是叶芝浪漫主义的代表作，美国批评家艾德蒙·威尔逊评
论说叶芝"远离公共生活而只是生活在想象中"，他把叶芝诗歌的想象
称作世纪末作家的欲望。

叶芝早期的诗歌以浪漫主义和象征成分著称。《氰梦湖岛》是叶芝早期
的诗歌，氰梦湖岛上的世界是属于爱尔兰的世界，不属于工业化的伦敦。
只有在这样的世界里，叶芝才能感受到足够的爱尔兰文化。

2，

叶芝仿《新约·路加福音》（Luke）第十五章第十八节的句式："我
要起来，到我父亲那里去，向他说，父亲，我得罪了天，又得罪了你。"

A Cradle Song

The angels are stooping
Above your bed;
They weary of trooping
With the whimpering dead.

God's laughing in Heaven
To see you so good;
The Sailing Seven
Are gay with His mood.

I sigh that kiss you,
For I must own
That I shall miss you
When you have grown.

The Valley of the Black Pig

The dews drop slowly and dreams gather: unknown spears
Suddenly hurtle before my dream-awakened eyes,
And then the clash of fallen horsemen and the cries
Of unknown perishing armies beat about my ears.

We who still labour by the cromlech on the shore,
The grey cairn on the hill,when day sinks drowned in dew,
Being weary of the world's empires,bow down to you,
Master of the still stars and of the flaming door.

摇篮曲 [1]

天使们弯腰
在你的床前；
他们厌倦了成群结队
呜呜咽咽地出丧。

上帝在天堂欢笑
看到你这么美好；
巡行的七曜 [2]
因之很欣慰。

我叹息着吻你，
因为我必须承认
我会想念你
等你长大成人 [3]。

注

1，

本诗作于 1890 年 1 月。

2，

七曜（*Sailing Seven*）：也作七耀。我国古称日、月及金、木、水、火、土五星为七曜。古巴比伦曾用七曜记日，顺序为日曜、月曜、火曜、水曜、木曜、金曜、土曜，即星期日至星期六，故又称"星期"。8 世纪传入中国使用。曜的本义是日光，后称日、月、星为"曜"，可理解为明亮的天体。关于"曜"一字，我国自古就有"五曜""七曜""九曜""十曜""十一曜""二十八正曜"等称。

摇篮曲 [1]

3，

我会想念你 / 等你长大成人（*That I shall miss you / When you have grown*）：这两行借用了一首爱尔兰盖尔语古歌里的歌词。

The Valley of the Black Pig

The dews drop slowly and dreams gather: unknown spears
Suddenly hurtle before my dream-awakened eyes,
And then the clash of fallen horsemen and the cries
Of unknown perishing armies beat about my ears.
We who still labour by the cromlech on the shore,
The grey cairn on the hill, when day sinks drowned in dew,
Being weary of the world's empires, bow down to you,
Master of the still stars and of the flaming door.

89

The Pity of Love

A pity beyond all telling
Is hid in the heart of love:
The folk who are buying and selling,
The clouds on their journey above,
The cold wet winds ever blowing,
And the shadowy hazel grove
Where mouse-grey waters are flowing,
Threaten the head that I love.

渔夫布雷萨尔[1]

你虽躲匿在潮起潮落的
月沉苍白潮汐的深处，
未来的人们也会知道
我是怎样地把网抛撒，
你又如何让时间消失
跃过这些银色的细索，
他们会觉得你很刻薄，
用很多尖刻的话斥责你。

注

1,

此篇是叶芝给茅德·冈的赠诗，最初发表于《康洼尔杂志》（1898 年
12 月）。

Breasal the Fisherman

Although you hide in the ebb and flow
Of the pale tide when the moon has set,
The people of coming days will know
About the casting out of my net,
And how you have leaped times out of mind
Over the little silver cords,
And think that you were hard and unkind,
And blame you with many bitter words.

爱的怜悯 [1]

说不出的遗憾
藏在爱的心里：
买卖的人，
云雾在他们的旅程之上，
寒冷潮湿的风一直在吹，
还有朦胧的榛树林
灰色之水在流动，
威胁着我爱的人头。

注

爱的怜悯 [1]

1,

叶芝早年在致奥利维亚·莎士比亚的信中写道："怜悯之爱是永恒的。"
（《书信集》卷一，第 468 页）

The Sorrow of Love

The quarrel of the sparrows in the eaves,
The full round moon and the star-laden sky,
And the loud song of the ever-singing leaves,
Had hid away earth's old and weary cry.

And then you came with those red mournful lips,
And with you came the whole of the world's tears,
And all the sorrows of her labouring ships,
And all the burden of her myriad years.

And now the sparrows warring in the eaves,
The curd-pale moon, the white stars in the sky,
And the loud chaunting of the unquiet leaves,
Are shaken with earth's old and weary cry.

1892

THE HOST OF THE AIR

The dancers crowded about him
And many a sweet thing said,
And a young man brought him red wine
And a young girl white bread.

But Bridget drew him by the sleeve
Away from the merry bands,
To old men playing at cards
With a twinkling of ancient hands.

For these were the host of the air;
He sat and played in a dream
Of her long dim hair.

He played with the merry old men
And thought not of evil chance,
Until one bore Bridget his bride
Away from the merry dance.

He bore her away in his arms,
The handsomest young man there,

爱的伤痛 [1]

麻雀在屋檐下争吵，
满月和繁星在如水的夜空照耀，
还有树叶永不停止的优美合唱，
遮掩着大地古老而疲惫的哭叫。

而后你 [2] 带着那饱满红唇的忧郁浮现，
伴随来的是你溢满世界的泪水，
还有她满载负重忧伤的颠簸之船，
以及她陈年的无数的负担。

此刻，在这麻雀交战正酣的檐角，
凝乳般苍白的月亮爬上空中的满天星斗，
还有树叶片片不安的悲悼，
恰似大地人世间古老而疲惫的悲恸。

1892 年

注

1,

本诗作于 1893 年 10 月 1 日，原标题是《被偷走的新娘》（*Stolen Women, Captured Hearts*）。

1899 年，叶芝注说："此诗是根据斯莱戈巴力索戴尔乡一妇人所唱并为我翻译的一首古盖尔语谣曲改写而成的。谣曲中，丈夫回到家，发现哭丧者在哭吊他的妻子。有些作家对斯路阿·高依什（*Sloa goish*），即空中之军和斯路阿·席（*Sloa Xi*），即希神之军有所区别，把空中之军描写为具有特殊的邪恶。詹姆斯·乔伊斯说：'在各类妖魔中……人们最怕的是空中之魔。它们住在云上、雾中、岩石里，以极端的恶毒仇视人类。'据说它们有时兴起一阵狂风，把刚刚成婚的新娘偷走。"（《校刊本》，第 803 页至第 804 页）

2,

德雷尔哈特湖（*the drear Hart Lake*）：叶芝的故乡斯莱戈的一个小湖。

3,

布丽奇特（*Bridget*）：主要用作名词，作名词时是女子名。圣·布丽奇特，瑞典修女，布丽奇特勋章的创立者。

空中之魔[1]

奥德里斯科尔一路高歌
惊起水禽野鸭
从高大的芦苇丛中
响彻德雷尔哈特湖[2]。

他看到芦苇丛怎样渐渐暗淡
夜潮来临时，
梦见朦胧的长长飘发
他的布丽奇特[3]的新娘。

在歌梦间他听到
吹笛的人呼啸远去，
从没有如此悲伤过，
也从来没有这么快乐过。

他看到了少男和少女
在平地上翩翩起舞，
还有他的新娘布丽奇特，
脸上带着悲伤和快乐。

跳舞的人挤在他周围
很多人都说，
一个年轻人给他端来了红酒
还有一个小女孩拿出了白面包。

但布丽奇特抓住了他的袖子
远离欢乐的乐队，
来到打牌的老人边
老人的双手一闪而过。

面包和酒的命运注定了，
因为他们是空中之魔；
他坐在梦中玩耍
想着她朦胧的长长飘发。

他和快乐的老人们一起玩耍
不去想厄运降临，
直到他的新娘布丽奇特
从欢乐的舞蹈里掠走。

他把她抱在怀里，
那里最英俊的年轻人，
他的脖子，胸部和手臂
淹没在她朦胧的长长飘发里。

奥德里斯科尔散开了纸牌
他从梦中醒来：
那些老人少男少女
烟雾一样飘散；

但他听到了高空的声音
吹笛的人在呼啸，
从没有如此悲伤过，
也从来没有这么快乐过。

特洛伊的海伦
Helen of Troy

The Host of the Air

O'Driscoll drove with a song
The wild duck and the drake
From the tall and the tufted reeds
Of the drear Hart Lake.

And he saw how the reeds grew dark
At the coming of night-tide,
And dreamed of the long dim hair
Of Bridget his bride.

He heard while he sang and dreamed
A piper piping away,
And never was piping so sad,
And never was piping so gay.

And he saw young men and young girls
Who danced on a level place,
And Bridget his bride among them,
With a sad and a gay face.

The dancers crowded about him
And many a sweet thing said,
And a young man brought him red wine
And a young girl white bread.

But Bridget drew him by the sleeve
Away from the merry bands,
To old men playing at cards
With a twinkling of ancient hands.

The bread and the wine had a doom,
For these were the host of the air;
He sat and played in a dream
Of her long dim hair.

He played with the merry old men
And thought not of evil chance,
Until one bore Bridget his bride
Away from the merry dance.

He bore her away in his arms,
The handsomest young man there,
And his neck and his breast and his arms
Were drowned in her long dim hair.

O'Driscoll scattered the cards
And out of his dream awoke:
Old men and young men and young girls
Were gone like a drifting smoke;

But he heard high up in the air
A piper piping away,
And never was piping so sad,
And never was piping so gay.

注

1,

此诗叶芝原作于 1891 年 10 月，1925 年修订，修订文本如下：

The Sorrow of Love

The brawling of a sparrow in the eaves,
The brilliant moon and all the milky sky,
And all that famous harmony of leaves,
Had blotted out man's image and his cry.

A girl arose that had red mournful lips
And seemed the greatness of the world in tears,
Doomed like Odysseus and the labouring ships
And proud as Priam murdered with his peers;

Arose, and on the instant clamorous eaves,
A climbing moon upon an empty sky,
And all that lamentation of the leaves,
Could but compose man's image and his cry.

Revised text of 1925

2,

而后你（*And then you*）：此处隐指古希腊美女特洛伊的海伦（*Helen of Troy*）。海伦是古希腊神话中第三代众神之王宙斯跟丽达所生的女儿，在她的后父斯巴达国王廷达瑞俄斯的宫里长大。她是人间最漂亮的女人。她出生时，神赋予她可以模仿任意一个女人的声音的能力。长大后，她和特洛伊王子帕里斯私奔，引发了长达十年的特洛伊战争。

When You Are Old

When you are old and gray and full of sleep,
And nodding by the fire, take down this book,
And slowly read, and dream of the soft look
Your eyes had once, and of their shadows deep;

How many loved your moments of glad grace,
And loved your beauty with love false or true
But one man loved the pilgrim soul in you,
And loved the sorrows of your changing face.

And bending down beside the glowing bars
Murmur, a little sadly, how love fled
And paced upon the mountains overhead
And hid his face amid a crowd of stars.

当你老了[1]

当你老了，头发白了，睡意昏沉，
炉火旁打盹，取下这本书，
慢慢地读，梦见那温柔的眼神
你的眼睛曾经，深幽的阴影；

多少人爱你快乐优雅的时刻，
爱你的美丽，假意或真心
只有一个人爱你朝圣的灵魂，
爱你哀戚的脸上岁月的伤痕。

弯下腰，站在发光的炉火旁
悲伤地低语，爱是如何逃离的[2]
在头顶的群山上踱步
在群星中隐藏。

注

1,

1899 年，《芦苇间的风》首版，共收诗 37 首。

叶芝 1908 年在《校刊本》第 800 页注说："写这些诗的时候，我凝神沉思那些写《谣曲和抒情诗》《玫瑰之恋》《乌辛漫游记》时光临我的意象和其他来自爱尔兰民俗的意象，以至于它们变成了真正的象征。有时在醒着的时候，更经常是在睡着的时候，我有片刻的幻视，这是一种与做梦不同的状态：这些意象自己获得一种类似独立生命的东西，变成神秘语言的一部分。这种语言似乎永远会给我带来奇异的启示。因可能被认为是轻率的晦涩而不安，我试图以冗长的注释自我解释，并在其中放入了我所有的星点学问，及我现在认为不太合适的任意幻想，虽在我看来最神秘的事物仍是最真实的。"

在古希腊神话传说中，山林水泽之神茜任克丝（*Syrinx*）为逃避牧神潘（*Pan*）的追求，将自己变为水边的芦苇。牧神为之神伤，削芦管制成乐器吹奏，用它迷人的声音治愈失恋的痛苦。

注

1,

本诗是叶芝 1893 年 10 月 21 日仿法国第一个近代抒情诗人彼埃尔·德·龙沙（Pierre de RONSARD）创作的同名十四行诗的诗作，是他献给茅德·冈真挚热烈的爱情诗篇，语言简明，情感真切丰富。诗人采用了多种艺术表现手法，诸如假设想象、对比反衬、意象强调、象征升华，再现了诗人对茅德·冈忠贞不渝的爱恋之情，揭示了现实中的爱情和理想中的爱情之间不可弥合的距离。

1889 年 1 月 30 日，青春的叶芝初遇二十二岁的美丽女演员茅德·冈，她是驻爱尔兰英军上校的女儿，不久前在她的父亲去世后继承了一大笔遗产。她不仅美貌非凡、苗条动人，而且在感受到爱尔兰人民受到英裔欺压的悲惨状况之后，毅然放弃都柏林上流社会的社交生活，投身到争取爱尔兰民族独立的运动中来，并成为领导人之一。

叶芝对茅德·冈一见钟情、一往情深，他这样描写初遇茅德·冈时的情形："她伫立窗畔，身边盛开着一大团苹果花；她光彩夺目，仿佛自身就是洒满了阳光的花瓣。"叶芝深恋着她，又因她的高贵而感到无望。年轻的叶芝觉得自己"不成熟和缺乏成就"，所以，尽管恋情煎熬着他，他也没向她表白，一是因为羞怯，二是觉得她不可能嫁给一个穷学生。茅德·冈对叶芝一直若即若离，1891 年 7 月，叶芝误解了她在给自己的一封信中的信息，以为她对自己做了爱情的暗示，便立即跑去向她求婚。但她拒绝了，说不能和他结婚，希望和他保持友谊。此后她始终拒绝叶芝的追求。1903 年，她嫁给了爱尔兰军官约翰·麦克布莱德，这场婚姻后来颇为不幸，可她十分固执，即使婚事完全失败，依然拒绝叶芝的追求。尽管如此，叶芝对她的爱慕终生不渝，难以排解的痛苦充满了叶芝的一生。

叶芝一直等待着，直到 52 岁才结婚。在丈夫去世的茅德·冈再次拒绝他的求婚，他向茅德·冈的女儿伊莎贝尔求婚被拒绝之后，叶芝终于停止了这种无望的念头。事实上，叶芝还是无法忘记茅德·冈。在他生命的最后几个月里，他还给茅德·冈写信，约她出来喝茶，但还是被拒，茅德·冈还坚决拒绝参加他的葬礼。

叶芝对茅德·冈爱情无望的痛苦，促使他写下很多关于茅德·冈的诗。在数十年的时光里，从各种各样的角度，茅德·冈不断激发着叶芝的创作灵感，有时是激情的爱恋，有时是绝望的怨恨，更多的是爱和恨之间复杂的张力。

The Wind Among The Reeds, 1899

芦苇间的风 [1],1899 年

诗人写这首诗时，茅德·冈正值青春年华，有着靓丽的容颜、迷人的风韵。诗人穿越悠远的时光，想到红颜少女的垂暮之年，想象她白发苍苍、身躯伛偻的样子。对正享受青春的少女讲她的暮年，就像对刚出世的婴儿说死亡，但这却是不可抗拒的自然规律。诗人这样写，不是要向她说明这个"真理"，而是通过这种方式向她表达爱。

这首爱情诗，来自诗人独特真挚的情感，与其说诗人是在想象中讲述少女的暮年，不如说诗人是在向少女、流逝的岁月剖白自己天地可鉴的真情。打动我们的正是诗中流溢的那种哀伤无望，却又矢志无悔的真挚情感。

整首诗韵律齐整，语言简明，意境优美。没有华丽的辞藻，朴素平淡的文字里蕴藏着磅礴的情感。这感情似流水，在峡谷奔流，汇入大江，最后平静地消失在大海之中。但平静的海水下面是波涛滚滚，埋葬着他全部的希望、失望、绝望。青春之心都不愿面对层叠的皱纹、如银的白发，年轻的叶芝站在时间的这头，以一种平静的、娓娓的语调叙说、想象老去后的情景，把自己对茅德·冈的爱恋之情发挥得淋漓尽致。

全诗共三段，有起有结，相互照应，匠心独运。

首段开篇点题，以一个假设的时间状语开头，想象若干年后，年迈的恋人在炉火旁阅读诗集之景。她满头白发，独坐着，但并不孤单，因为我的诗陪伴着她。当她轻轻吟诵时，将回忆起过去的一切、美丽的眼睛、柔美的光芒、幽深的晕影。叶芝写此诗时二十九岁，茅德·冈二十七岁。"当你老了"的假设因"头发白了""睡思昏沉""炉火旁打盹"而变得真实可感，"老"的时刻来临，它是朦胧、静止的，生动得触目惊心。在时间的彼岸，与昔日的自己两两相望，诗人一直义无反顾地朝着假设的时空走去，如同走向一种信仰。

第二段，诗人采用对比的手法巧妙地表达自己的一片深情。"多少人爱你快乐优雅的时刻，爱你的美丽，假意或真心 / 只有一个人爱你朝圣的灵魂，爱你哀戚的脸上岁月的伤痕。"他人爱的是你的快乐优雅、你的美丽，我爱的是你为民族自由奋斗不息的圣洁心灵。春的绿荫纷纷落尽，我依然深爱你脸上的哀戚和伤痕。

第三段，再转向虚拟的未来意境之中。诗人用羽绒一样轻柔的语言，温和地引导恋人进入时光隧道：当你老了，昔日的秀发已白，脸庞不再灿烂光洁，身子伛偻，在炉火旁打盹，我依然为你的衰老敲响爱情的钟声。诗人在现实中的爱情无望，只好设想多年后的场景，希望恋人看到这首诗后能早一点明白他的痴情。"在头顶的群山上踱步，在群星中隐藏。"诗人的爱情没有烟消云散，而是在头顶的山上流连，最后在星星之间隐藏了自己。"山""星星"的意象，拓展了诗的意境空间，让人感到一种圣洁的美丽。爱向着纯净的崇高境界不断升华，升华到无限的空间中，成为永恒。

诗人突破个人的不幸，把感伤化为缱绻的诗魂，以柔美的方式，创造了一个凄美的艺术世界，实现了对人生和命运的超越，体现了饱满的张力之美。

全诗押韵，节奏整齐，每行以五音步（*pentameter*）、抑扬格（*iambic*）为主。但在关键的地方，节奏发生变化，主要体现在抑扬格变为扬扬格（*spondee*），产生意想不到的语词间的张力。

如在第二段第三行，先在"*man loved*"处使用扬扬格，对"*man*"一词进行重读。"*man*"一词不仅在表面上指与其他追求者对应比较的诗人，还在更深的层次上暗示诗人才是真正的男子汉，寓意深远。在茅德·冈的眼中，叶芝女人气十足，不像男子汉，她倾心的是英武的战士。叶芝的咏叹，无论多么刻骨铭心，也难获芳心。这里重读"*man*"一词，多少幽怨、委屈、无言的反驳都得到了淋漓尽致而又巧妙含蓄的传达。在此行中，另一个扬扬格是"*-grim soul*"，对"*grim*"的重读，使得"*pilgrim*"一词获得了更丰富的含义。它原本修饰"*soul*"，可理解为情人的心灵圣洁无瑕，从事的爱国事业光辉伟大，但对"*pilgrim*"一词后半部分"*grim*"重读，使得"*grim*"又具有了意义。一般而言，"*grim*"有两层含义：一是指"冷酷、无情的"；二是指"坚强、毫无畏惧的"。从中可体会到诗人复杂的情感、心态：他在赞赏茅德·冈坚定的革命立场的同时，也有着一丝幽怨，抱怨她的无情、冷酷。

THE WIND AMONG THE REEDS
1899

小爱神丘比特
Cupid

2,

爱是如何逃离的（*how love fled*）：隐指罗马神话中的小爱神丘比特（*Cupid*）。他是一个光着身子、手拿弓箭的小男孩，尽管有时他被蒙着眼睛，但没有任何人或神能逃避他的恶作剧。他的金箭射入人心会促进爱情走向婚姻，他的铅箭射入人心会使相爱的人互相憎恶，以分手告终。他有一对闪闪发光的金色翅膀，常带着弓箭漫游。他恶作剧地射出令人震颤的神箭，唤起爱的激情，给自然界带来生机，授予万物繁衍的能力。另外，他还有一束照亮心灵的火炬。

小爱神丘比特
Cupid

The White Birds

I would that we were,my beloved,white birds on the foam
of the sea!
We tire of the flame of the meteor,before it can fade and
flee;
And the flame of the blue star of twilight,hung low on the
rim of the sky,
Has awaked in our hearts,my beloved,a sadness that may
not die.

A weariness comes from those dreamers,dew-dabbled,the
lily and rose;
Ah,dream not of them,my beloved,the flame of the meteor
that goes,
Or the flame of the blue star that lingers hung low in the
fall of the dew:
For I would we were changed to white birds on the
wandering foam:I and you!

I am haunted by numberless islands,and many a Danaan
shore,
Where Time would surely forget us,and Sorrow come near
us no more;
Soon far from the rose and the lily and fret of the flames
would we be,
Were we only white birds,my beloved,buoyed out on the
foam of the sea!

白 鸟[1]

亲爱的，但愿我们是浪花上的白鸟！
我们厌倦了流星[2]的火焰，在它消失和陨落之前；
黄昏的蓝星的幽光[3]低垂在天空的边缘，
唤醒了我们的心，我的爱人，一缕不会消逝的悲伤。

疲惫来自那些梦想家，露珠，百合花和玫瑰[4]；
呵，不要梦见他们，我的爱人，流星的火焰，
或许那是蓝星的幽光在露珠的坠落中低垂：
因为我希望我们成为浪花上的白鸟：我和你！

我被无数的岛屿和许多达纳的海岸所困扰[5]，
时间一定会忘记我们，悲伤不再靠近我们；
我们很快就会远离玫瑰和百合花，远离火焰的烦躁，
我亲爱的，只要我们是出没在浪花上的白鸟！

注

1，

此篇是《玫瑰之恋》的跋诗。

2，

因为红玫瑰镶边的下摆（*Because the red-rose-bordered hem*）：借喻神秘的永恒之美，包括爱尔兰的民族之美。叶芝认为自己的诗作足以与历史上具有永恒之美的诗篇相媲美。

3，

托马斯·戴维斯（*Thomas Davis*）：爱尔兰政治领袖、诗人、作家。

詹姆斯·克莱伦斯·曼根（*James Clarence Mangan*）：爱尔兰当年最著名的诗人。

塞缪尔·弗格森（*Samuel Ferguson*）：爱尔兰诗人。

三位都是爱尔兰民族主义政治运动的积极参与者。

4，

四大元素（*the elemental*）：是古希腊关于世界的物质组成的学说，包含风、火、水、土。这种观点认为世界来源于这四种元素，该思想在相当长的一段时间里影响着人类科学的发展。此处指下文中的"浇水、大火、泥土和风"。叶芝此时参加神秘教，喜做占卜之类的迷信活动。

白 鸟[1]

致未来的爱尔兰[1]

知道吗，我愿被视为
团体中的真正兄弟，
为减轻爱尔兰的创痛，
大家把民谣和歌曲唱诵；
我也一样，
因为红玫瑰镶边的下摆[2]
她的历史大幕就已经拉开
在上帝创造天使家族之前，
她早已书写历史所有的页面；
因为在世界开始第一个盛开的时代
她飞舞的双脚轻轻落下
让爱尔兰的心脏开始跳动；
星光闪烁的烛光依然闪耀
处处照耀着她庄严的舞步照亮；
爱尔兰的思想仍在酝酿
孕育在她神圣律动的宁静中。

我也不能少算一个
戴维斯，曼根，弗格森[3]，
因为他思考得很好，
我的诗行比他们的韵
更能道出幽深中的智慧，
它潜藏在那长眠的地下。
因为四大元素[4]的存在
环绕我的桌子不停地来来去去。
在洪水、大火、泥土和风中，
它们从人类沉思的头脑中挤出来；
然而，以简朴的方式行事的人
也许会遇见他们远古的凝视。
人类曾经和他们一同前进
追随在红玫瑰镶边的下摆后面。
啊，仙灵，在月光下舞蹈，
在德鲁伊之地，歌德鲁伊之曲！

趁我还可以的时候，我给你写信
书写我的爱，我的梦想。
从我们出生到我们死，
不过是眨眼的瞬间；
而我们，我们的歌声和我们的爱，
夜空中的水手，
还有纷乱疾行的种种事物
环绕着我的桌子不停地来来去去，
正在不断地飞转流逝，
在真理的狂喜中，
根本没有爱和梦想的容身之地；
因为上帝走过留下白色的足迹。
我把一片赤心铸入我的诗行，
让你，在即将到来的黑暗时代，
也许知道我的心是如何与他们在一起
追随在那红玫瑰镶边的下摆后面。

注

1，

此诗是叶芝早期的爱情诗名作，风格纯净明朗，采用象征主义的写作手
法，将情感与意象结合，表达内心真实的感受。它来源于叶芝和茅德·
冈的一次游历，当时有一对海鸥从他们头顶飞过，茅德·冈说假如来世
再生，她愿做一只海鸥。几天后她便收到叶芝寄给她的这首诗，表达了
诗人对爱的祝愿。

关于"白鸟"，叶芝解释："仙境的鸟像雪一样白。'达纳（*Danaan*）
居住的海滨'当然是'青春永驻之邦'，是仙境。"象征诗人渴望摆脱
尘世的烦恼，渴望与心上人化作白鸟，比翼双飞，飞向达纳的海岸和那
无数的小岛一去不返的美好心愿。诗中描绘得越是美好，诗人的心情就
越是忧伤、痛苦，字字句句如同绽放的玫瑰释放着压抑的心，爱的天堂
无可奈何地被淹没在幻想的浪花中。

2，

流星（*meteor*）：指的是虚名，因虚名如流星一样短暂易逝。叶芝对
爱尔兰自治运动充满了同情，但对茅德·冈的所作所为并不理解。他认
为茅德·冈从事的事业是在博取虚名。

To Ireland in the Coming Times

Know,that I would accounted be
True brother of that company,
Who sang to sweeten Ireland's wrong,
Ballad and story,rann and song;
Nor be I any less of them,
Because the red-rose-bordered hem
Of her,whose history began
Before God made the angelic clan,
Trails all about the written page;
For in the world's first blossoming age
The light fall of her flying feet
Made Ireland's heart begin to beat;
And still the starry candles flare
To help her light foot here and there;
And still the thoughts of Ireland brood
Upon her holy quietude.

Nor may I less be counted one
With Davis,Mangan,Ferguson,
Because to him,who ponders well,
My rhymes more than their rhyming tell
Of the dim wisdoms old and deep,
That God gives unto man in sleep.
For the elemental beings go
About my table to and fro.
In flood and fire and clay and wind,
They huddle from man's pondering mind;
Yet he who treads in austere ways
May surely meet their ancient gaze.
Man ever journeys on with them
After the red-rose-bordered hem.
Ah,faeries,dancing under the moon,
A Druid land,a Druid tune!

While still I may,I write for you
The love I lived,the dream I knew.
From our birthday,until we die,
Is but the winking of an eye;
And we,our singing and our love,
The mariners of night above,
And all the wizard things that go
About my table to and fro,
Are passing on to where may be,
In truth's consuming ecstasy,
No place for love and dream at all;
For God goes by with white foot-fall.
I cast my heart into my rhymes,
That you,in the dim coming times,
May know how my heart went with them
After the red-rose-bordered hem.

3,

蓝星的幽光（*blue star of twilight*）：蓝星，指金星，西方以爱神维纳斯之名称之。此处蓝星指爱尔兰自治运动。1916 年爱尔兰爆发"复活节起义"，迫使英国在 1921 年承认爱尔兰南部二十六郡为"自由邦"。1937 年，爱尔兰成立共和国，1948 年脱离英联邦。蓝色是悲伤之色。

4,

百合花和玫瑰（*the lily and rose*）：百合、玫瑰都是西方人称呼自己心上人的常用语，玫瑰是女性的象征，百合是男性的象征。叶芝在此用来称呼茅德·冈。此句中"疲惫"指纤弱的百合花和玫瑰花凝结了过多的露水，给人以沉重感，让人联想到被淋湿的鸟。此句的意思是说茅德·冈在为爱尔兰自治运动奔波时非常劳累。

5,

我被无数的岛屿和许多达纳的海岸所困扰（*I am haunted by numberless islands, and many a Danaan shore*）：达纳的海岸（*Danaan shore*），指诗人理想中的圣地。达纳，古爱尔兰传说中的诸神之母，是爱尔兰神话中光之神路（*Lugh*），奇安（*Cian*）与艾丝琳（*Ethlinn*）之子。有学问的基督徒用"达纳之民"称呼爱尔兰早期的居民。

A Dream of Death

I dreamed that one had died in a strange place
Near no accustomed hand;
And they had nailed the boards above he face,
The peasants of that land,
Wondering to lay her in that solitude,

And raised above her mound
A cross they had made out of two bits of wood,
And planted cypress round;
And left her to the indifferent stars above
Until I carved these words:
She was more beautiful than thy first love,
But now lies under boards.

致与我在火炉旁交谈的人 [1]

● 当我断断续续地吟咏出这些达纳 [2] 诗韵，
我的心中充满了时代的梦想
当我们俯身在褪色将熄的炭火上
笑谈中温柔地剖开生活在黑暗灵魂里的
这些热情洋溢的皮囊，内里却是腐朽的残垣断壁；
这些零落桀骜不驯的、寄居在树上的蝙蝠
带着悲伤和满足的叹息，
因为他们绽放的梦想从未弯曲
在善恶的知果下；
以及四面楚歌的烈焰

● 他们奋起，展翅高飞，光焰闪烁，
声鸣如雷，呼喊着那不可言喻的名字 [3]，
随着剑刃的铿锵轰鸣
交织出狂喜极乐的颂曲，直到天明
白色的寂静终止了一切，仅剩下响亮
清澈振翅的余音，和那玉足耀眼的光辉。

注

1,

此诗副标题是"新诗集的献辞"。"新诗集"指叶芝 1895 年出版的《诗集》。

2,

达纳（*Danaan*）：古爱尔兰传说中的诸神之母，是爱尔兰神话中光之神路（*Lugh*），奇安（*Cian*）与艾丝琳（*Ethlinn*）之子。有学问的基督徒用"达纳之民"称呼爱尔兰早期的居民。

3,

不可言喻的名字（*the Ineffable Name*）：指上帝的名字。

To Some I Have Talked With by the Fire

While I wrought out these fitful Danaan rhymes,
My heart would brim with dreams about the times
When we bent down above the fading coals
And talked of the dark fork who live in souls
Of passionate men, like bats in the dead trees;
And of the wayward twilight companies
Who sigh with mingled sorrow and content,
Because their blossoming dreams have never bent
Under the fruit of evil and of good:
And of the embattled flaming multitude
Who rise, wing above wing, flame above flame,
And, like a storm, cry the Ineffable Name,
And with the clashing of their sword-blades make
A rapturous music, till the morning break
And the white hush end all but the loud beat
Of their long wings, the flash of their white feet.

死亡之梦 [1]

我梦见一个人死在一个陌生的地方
身边无亲无故；
他们钉起棺材遮盖了她的脸庞，
当地的农民，
把她安葬在荒郊野外，

又在她的坟头上
用两根木条做成了一个十字架，
在周围种上柏树 [2]；
把她留给了天上冷漠的星光，
直到我刻下这些字：
她比你的初恋更加美丽，
如今却长眠在地下。

注

1,

本诗最初发表于 1891 年 12 月 12 日的《国民观察家报》，原题是《墓
志铭》（*Epitaph*）。

2,

柏树（*cypress*）：是哀悼和复活的象征。

两棵树 [1]

亲爱的，凝视你自己的心，
圣树在那里生长；
从欢乐中生发，圣洁的繁枝，
还有它们所结的所有颤抖的花朵。
果实变幻的斑斓色彩
用欢乐的光芒点缀群星；
它隐藏的根已经
在夜里种下了宁静；
它满头的繁叶频频摇曳
赋予波浪以澎湃的旋律，
让我的嘴唇和音乐相合，
为你吟唱一首幻境之歌。
在那里，穿过困惑的树枝，走吧
有翅膀的爱在温柔的争斗中继续，
旋转缠绕着，辗转反侧
在我们的生命中循环燃烧。
看着他们颤抖的头发，
梦见他们如何跳跃奔驰，
你的眼睛就充满了温柔的关怀：
亲爱的，凝视你自己的心。

别再凝视着苦涩的玻璃杯
恶魔们用他们微妙的诡计，
当他经过时，请站在我们面前，
或者只是凝视一会儿；
因为那里有一个致命的形象，
树枝断了，树叶变黑了，
根半藏在雪下
被永远悲伤的风暴所驱使。
因为一切都变成了荒芜
在黑暗的玻璃中，恶魔们把持着，
外面疲惫的玻璃，
那是远古上帝在沉睡时所造。
在那里，穿过折断的树枝，走吧
思维静止的乌鸦；
凝视着，飞来飞去，
看到人们的灵魂被交换和购买。
当它们在风中被听见，
当它们摇动翅膀时；唉！
你温柔的眼睛变得冷酷无情：
不要再盯着苦涩的玻璃杯。

注

1,

此篇是叶芝给茅德·冈的诗。

The Two Trees

Beloved,gaze in thine own heart,
The holy tree is growing there;
From joy the holy branches start,
And all the trembling flowers they bear.
The changing colours of its fruit
Have dowered the stars with merry light;
The surety of its hidden root
Has planted quiet in the night;
The shaking of its leafy head
Has given the waves their melody,
And made my lips and music wed,
Murmuring a wizard song for thee.
There,through bewildered branches,go
Winged Loves borne on in gentle strife,
Tossing and tossing to and fro
The flaming circle of our life.
When looking on their shaken hair,
And dreaming how they dance and dart,
Thine eyes grow full of tender care:
Beloved,gaze in thine own heart.

Gaze no more in the bitter glass
The demons,with their subtle guile,
Lift up before us when they pass,
Or only gaze a little while;
For there a fatal image grows,
With broken boughs,and blackened leaves,
And roots half hidden under snows
Driven by a storm that ever grieves.
For all things turn to barrenness
In the dim glass the demons hold,
The glass of outer weariness,
Made when God slept in times of old.
There,through the broken branches,go
The ravens of unresting thought;
Peering and flying to and fro,
To see men's souls bartered and bought.
When they are heard upon the wind,
And when they shake their wings;alas!
Thy tender eyes grow all unkind:
Gaze no more in the bitter glass.

The Countess Cathleen in Paradise

All the heavy days are over;
Leave the body's coloured pride
Underneath the grass and clover,
With the feet laid side by side.

Bathed in flaming founts of duty
She'll not ask a haughty dress;
Carry all that mournful beauty
To the sctken press.

Did the kiss of Mother Mary
Put that music in her face?
Yet she goes with footstep wary,
Full of earth's old timid grace.

Mong the feet of angels seven
What a dancer glimmering!
All the heavens bow down to Heaven,
Flame to flame and wing to wing.

天堂里的凯瑟琳伯爵夫人 [1]

所有沉重的日子都已结束；
离开身体的迷色骄傲
在荒野三叶草的下面，
并排躺着双脚。

沐浴在燃烧的责任喷泉中
她不再需要高贵的霓裳；
带着所有悲伤的美丽
塞进馥郁的橡木箱。

圣母玛利亚的香吻是否
使她的脸上浮现丽音？
她小心翼翼地款款细步，
依然充满着羞怯的优雅。

在七大天使 [2] 的脚下
多美的舞者啊！
诸天神向上帝礼赞，
火焰对火焰，翅膀对翅膀。

●　他从未曾像现在这样狂奔，
穿过石径和沼泽；
病人的妻子打开了门：
"神父！您又来了！"

"那可怜的人死了吗？"他哭道。
"他一小时前就死了。"
老牧师彼得·吉利根
在悲伤中来回摇摆。

●　"你走后，他转身就死了
像鸟一样快乐。"
老牧师彼得·吉利根
闻此言，他跪了下来。

"创造星辉之夜的主
对疲惫和受伤的灵魂，
他派了一位伟大的天使下来
在我需要的时候帮助我。

"他身披紫色长袍，
群星在他的照顾下，
对熟睡在椅子上
最微不足道的事情都心生怜悯。"

注

1，

1892 年，叶芝在《校刊本》第 800 页中注："这首谣曲是根据凯瑞郡
（County Kerry）的一个古老的民间故事改写的。"

吉利根神父的歌谣[1]

老牧师彼得·吉利根
日夜疲惫；
因为他的教徒不是卧病在床，
就是在绿色草皮下躺着。

有一次，他在椅子上打盹儿，
在傍晚的飞蛾时节，
另一个穷人叫他去，
他不禁黯然神伤。

"我没有休息，没有欢乐，没有安宁，
因为人们死了一个又一个"；
然后他喊道："上帝饶恕！
我的肉体说的，不是我！"

他跪下来，靠在椅子上
祈祷着睡着了；
飞蛾的时间从田野里过去了，
星星开始窥视。

他们渐渐地繁衍成千上万，
树叶在风中摇曳；
上帝用阴影遮住世界，
向人类低语。

在麻雀鸣叫的时候
当飞蛾再次出现时，
老牧师彼得·吉利根
他笔直地站在地板上。

"完了，完了！那人死了，
当我在椅子上睡着的时候"；
他把马从睡梦中唤醒，
慌慌忙忙地骑上去。

注

1,

本诗是叶芝为剧作《凯瑟琳女伯爵》第五幕创作的一首歌。

2,

七大天使（angels seven）：《启示录》中明确提到七位御前天使，分别代表着礼拜一到礼拜日。雷米尔（Remiel），等待复活之日的魂之王，将人的灵魂引向最后的审判。

雷米尔是《以诺书》中的人物，是背教者的导师，是堕天使之一，对魂魄之事知之甚详，也是常待神前的七大天使之一，负有传达天使指示的责任。

Who Goes with Fergus?

Who will go drive with Fergus now,
And pierce the deep wood's woven shade,
And dance upon the level shore?
Young man,lift up your russet brow,
And lift your tender eyelids,maid,
And brood on hopes and fear no more.

And no more turn aside and brood
Upon love's bitter mystery;
For Fergus rules the brazen cars,
And rules the shadows of the wood,
And the white breast of the dim sea
And all dishevelled wandering stars.

He rode now as he never rode,
By rocky lane and fen;
The sick man's wife opened the door:
"Father! you come again!"

"And is the poor man dead? "he cried.
"He died an hour ago."
The old priest Peter Gilligan
In grief swayed to and fro.

"When you were gone,he turned and died
As merry as a bird."
The old priest Peter Gilligan
He knelt him at that word.

"He who hath made the night of stars
For souls, who tire and bleed,
Sent one of His great angels down
To help me in my need.

"He who is wrapped in purple robes,
With planets in His care,
Had pity on the least of things
Asleep upon a chair."

The Ballad of Father Gilligan

The old priest Peter Gilligan
Was weary night and day;
For half his flock were in their beds,
Or under green sods lay.

Once, while he nodded on a chair,
At the moth-hour of eve,
Another poor man sent for him,
And he began to grieve.

"I have no rest, nor joy,nor peace,
For people die and die";
And after cried he,"God forgive!
My body spake, not I!"

He knelt,and leaning on the chair
He prayed and fell asleep;
And the moth-hour went from the fields,
And stars began to peep.

They slowly into millions grew,
And leaves shook in the wind;
And God covered the world with shade,
And whispered to mankind.

Upon the time of sparrow chirp
When the moths came once more,
The old priest Peter Gilligan
Stood upright on the floor.

"Mavrone, mavrone!the man has died,
While I slept on the chair";
He roused his horse out of its sleep,
And rode with little care.

谁和弗格斯一起去? [1]

现在谁会和弗格斯 [2] 驾车同行,
穿过深林编织的浓荫,
在平坦的海滩上起舞?
少年,扬起你褐色的额头,
少女,睁开你温柔的眼睛,
不要再被欲念和恐惧萦绕。

别再转身沉思
爱情的苦涩奥秘;
因为弗格斯驾驭着黄铜战车,
统治着森林的浓荫,
还有那茫茫大海的雪白胸膛
和乱发蓬披游荡的群星。

老人的哀歌 [1]

我每个壁炉都有一把椅子，
当没人回头看的时候，
"看看那个老家伙，
他可能是谁？"
所以我现在要流浪，
而烦恼就在我身上。

路边的树一直在低语。
啊，你们为什么低声说，
和过去一样，
绿橡树和白杨树？
那些著名的面孔都不见了
而烦恼就在我身上。

注

1,

注

1,

1895 年，叶芝在《校刊本》第 799 页中注："这首小诗基本上是唯可鲁的一位老农的原话笔录。"

1908 年，叶芝在《校刊本》第 844 页中又解释说，此诗是源自"在双岩山上一个人对我的一位朋友说的话"。

双岩山在都柏林附近，这位朋友是指爱尔兰诗人、作家乔治·威廉·拉塞尔。拉塞尔少年时代赴都柏林求学，后在大都会艺术学校读书。1894 年发表第一部诗作《归途之歌》。出版过很多诗集。1907 年出版剧本《迪尔德丽》，对爱尔兰文艺复兴运动起到了推动作用。

本诗是叶芝剧作《凯瑟琳女伯爵》第二幕中的一首歌。

2,

弗格斯（Fergus）是爱尔兰岛北部阿尔斯特地区的一位传奇国王，为爱情抛却王位去国流亡，是异教神话中"不爱江山爱美人"的君王序列中的先行者。青年叶芝在诗中对弗格斯的流亡进行了浪漫的叙述：驭车的弗格斯驰骋的树林阴翳，恍若《皆大欢喜》中远离尘世的阿登森林。在年轻的诗人看来，抛却尘世王国、隐遁悠游于丛林之中，是弗格斯自由的选择，更是因俗世愁苦萦怀的少年、少女应当师法的选择。

I had a chair at every hearth,
When no one turned to see,
With "Look at that old fellow there,
And who may he be?"
And therefore do I wander now,
And the fret lies on me.

The road-side trees keep murmuring.
Ah,wherefore murmur ye,
As in the old days long gone by,
Green oak and poplar tree?
The well-known faces are all gone
And the fret lies on me.

The Man Who Dreamed of Faeryland

He stood among a crowd at Dromahair;
His heart hung all upon a silken dress,
And he had known at last some tenderness,
Before earth made of him her sleepy care;
But when a man poured fish into a pile,
It seemed they raised their little silver heads,
And sang how day a Druid twilight sheds
Upon a dim,green,well-beloved isle,
Where people love beside star-laden seas;
How Time may never mar their faery vows
Under the woven roofs of quicken boughs:
The singing shook him out of his new ease.

He wandered by the sands of Lisadill;
His mind ran all on money cares and fears,
And he had known at last some prudent years
Before they heaped his grave under the hill;
But while he passed before a plashy place,
A lug-worm with its gray and muddy mouth
Sang how somewhere to north or west or south
There dwelt a gay,exulting,gentle race;
And how beneath those three times blessed skies
A Danaan fruitage makes a shower of moons,
And as it falls awakens leafy tunes:
And at that singing he was no more wise.

He mused beside the well of Scanavin,
He mused upon his mockers: without fail
His sudden vengeance were a country tale,
Now that deep earth has drunk his body in;
But one small knot-grass growing by the pool
Told where,ah,little,all-unneeded voice!
Old Silence bids a lonely folk rejoice,
And chaplet their calm brows with leafage cool;
And how,when fades the sea-strewn rose of day,
A gentle feeling wraps them like a fleece,
And all their trouble dies into its peace:
The tale drove his fine angry mood away.

He slept under the hill of Lugnagall;
And might have known at last unhaunted sleep
Under that cold and vapour-turbaned steep,
Now that old earth had taken man and all:
Were not the worms that spired about his bones
A-telling with their low and reedy cry,
Of how God leans His hands out of the sky,
To bless that isle with honey in His tones;
That none may feel the power of squall and wave,
And no one any leaf-crowned dancer miss
Until He burn up Nature with a kiss:
The man has found no comfort in the grave.

给爱尔兰小说家一本选集的献词 [1]

一根绿色的树枝上挂着许多铃铛
当她自己的人民统治着这悲剧的爱尔;
从它低语的绿荫里, 仙灵般的幽静,
一种德鲁伊式的仁慈, 降临到了所有的听众身上。

它使商人听入迷, 不再耍诡计,
农夫听得发呆忘了牛羊,
咆哮的战士听了沉入梦乡,
因为所有听到它的人都变得和善。

啊, 流亡者漂泊在海上,
随时旋转着爱尔的明天更好!
啊, 全世界的国家, 总是在增长悲伤!
我也怀有一根满蕴着安宁的风铃枝。

我把它从绿色的树枝上扯下来, 风吹了又吹,
绿色的树枝总是摇摆, 疲倦, 疲倦!
我把它从老爱尔的绿色树枝上撕下来,
许多悲伤在这世界的柳树上。

啊, 流亡者, 游荡在许多土地上!
我的铃枝低语: 欢快的钟声带来笑声,
跳起来抖掉屋橡下残破的蜘蛛网;
悲伤的钟声把前额低垂在手上。

甜蜜的铃声: 在新的天空下
它们给你带来了乡村古老的记忆;
现在, 小屋不见了, 古老的井壁, 古老而可爱的地方;
还有热爱不朽事业的人。

注

1,

1924 年, 叶芝在《校刊本》第 129 页中注: "我刚刚重写过的这首诗,
最初是在 1890 年以原先的形式作为一部爱尔兰小说家选集的献词发表
的。虽经过修改, 还是一束野燕麦。"

小说集名是《爱尔兰小说代表作》(纽约和伦教: G. P. 普特南父子公司,
1891 年 /New York and ethics G. P. Putnams Sons, 1891)。

The Dedication to a Book of Stories Selected from the Irish Novelists

There was a green branch hung with many a bell
    When her own people ruled in wave-worn Eri;
    And from its murmuring greenness, calm of faery,
A Druid kindness, on all hearers fell.

It charmed away the merchant from his guile,
    And turned the farmer's memory from his cattle,
    And hushed in sleep the roaring ranks of battle,
For all who heard it dreamed a little while.

Ah,Exiles wandering over many seas,
    Spinning at all times Eri's good to-morrow!
    Ah, world-wide Nation, always growing Sorrow!
I also bear a bell-branch full of ease.

I tore it from green boughs winds tossed and hurled,
    Green boughs of tossing always, weary, weary!
    I tore it from the green boughs of old Eri,
The willow of the many-sorrowed world.

Ah, Exiles, wandering over many lands!
    My bell-branch murmurs: the gay bells bring laughter,
    Leaping to shake a cobweb from the rafter;
The sad bells bow the forehead on the hands.

A honeyed ringing:under the new skies
    They bring you memories of old village faces;
    Cabins gone now, old well-sides, old dear places;
And men who loved the cause that never dies.

梦想仙境者

他伫立在卓玛哈尔[1]的人群中；
他曾全心系挂着一件丝绸的连衣裙，
他终于懂得了一些柔情蜜意，
在大地给他困倦的关怀之前；
但是当一个人把鱼儿倒成一堆，
鱼儿似乎抬起了银色的小脑袋，
歌唱着德鲁伊[2]黄昏的日子
在一个幽暗、绿色、深爱的小岛上，
人们在星光灿烂的海洋边相爱；
时间怎么可能永远不破坏他们的誓言
在繁枝编织的屋顶下：
歌声把他从安宁中重新唤醒。

他在利萨迪尔[3]的沙滩上漫步；
他的脑子里满是金钱、忧虑和恐惧，
他们在山下给他堆造坟墓之前
他终于知道了应该珍惜光阴；
但是当他经过一个松软的地方，
一只长着灰色泥泞嘴巴的长耳蠕虫
在北方、西部或南方的某个地方唱歌
那里住着一个快乐、狂放、温柔的民族；
住在这金色或银光的天空下
一颗达南水果会让月亮倾泻而下，
当它落下的时候，唤醒了枝繁叶茂的旋律：
听了那首歌，他就变得痴呆。

他在斯坎纳文[4]的井旁沉思，
他沉思着嘲笑他的人：毫无疑问
他的突然复仇成了一个乡间传闻，
现在，大地已把他的身体沉醉其中；
但是池塘边长着一株小结草[5]
告诉我，啊，这小小的，梦中的声音！
古老的沉默令孤独的人们欢欣，
他们平静的眉毛上戴着凉爽的花冠；
当白昼的玫瑰渐渐凋零，
温柔的感觉羊毛一样包裹着他们，
他们所有的烦恼都消失在和平之中：
这个故事驱散了他的愤怒情绪。

他长眠在卢格纳格尔[6]山下；
或许终于明了这无恙的安眠
在寒冷和雾气笼罩的峭壁下，
既然大地已夺走了人类万物：
难道不是那些在他尸骨周围蠕动的蛆虫
用低沉的芦苇声诉说，

上帝如何将双手按住天空，
把流光溢彩的夏季在他的指缝间溢出；
没有人能感受到狂风和海浪的力量，
没有人会错过任何戴着叶冠的舞者
直到他用一吻焚毁了世界：
那人在坟墓里找不到丝毫的慰藉。

注

1，

卓玛哈尔（*Dromahair*）：是吉尔湖畔，叶芝的故乡斯莱戈的一处依山傍水的小乡村，在一片平原中高起的绵延平坦的山脚下，是叶芝的长眠之地。

2，

德鲁伊（*Druid*）：在罗马、希腊神话中意指森林女神。传说每一棵橡树都居住着精灵，这些树精通过德鲁伊向人类传达神谕。在后世的文学著作中，德鲁伊通常以树精的形象出现。德鲁伊常在现代的文学、影视、动画和游戏里出现，许多著名游戏中均有他的身影。

"*Druid*"一词分两部分理解：前半部分很大程度上和希腊文的"*drus*"相关，是橡树的意思；而后半部分与印欧语系的词尾"*-wid*"相似。德鲁伊教以橡果为圣果，证明其名字的古意是熟悉橡树之人。德鲁伊教士是很高级的凯尔特人祭司、法师或预言者。凯尔特人是一个在公元前5世纪至1世纪散居在高卢、不列颠、爱尔兰、小亚细亚和巴尔干半岛的蛮族。

3，

利萨迪尔（*Lisadill*）：盖尔语，意思是"盲人的庭院"，是叶芝的朋友康斯坦丝（*Constance*）和伊娃（*Eva*）姐妹在斯莱戈的宅院。

4，

斯坎纳文（*Scanavin*）：叶芝的故乡斯莱戈的一个小镇。

5，

小结草（*small knot-grass*）：作名词时，译为"两耳草"。两耳草（*Paspalum conjugatum Bergius*），禾本科，雀稗属多年生草本植物。匍匐茎植株长可达1米，秆直立。叶鞘具脊，叶舌极短，叶片披针状线形，质薄，无毛或边缘具疣柔毛。总状花序，纤细，穗轴边缘有锯齿；小穗卵形，顶端稍尖，第二颖与第一外稃质地较薄，无脉，5－9月开花结果。分布于全世界热带及温暖地区。中国台湾、云南、海南、广西亦有分布；生长在田野、林缘、潮湿草地上。两耳草喜暖热而湿润的气候。对土壤要求不严格，在沙土至黏土各种土壤类型（沼泽上除外）中均能生长。在低湿处生长繁茂，组成以两耳草为优势种的单一优势种群落。两耳草的叶、茎柔嫩多汁，无毒无异味，无论青草、干草，马、牛和羊均喜食。它适宜放牧，也适宜刈割青草和晒制育于草，是一种优良饲草，具有一定的栽培利用价值。两耳草除作饲用外，还可作固土和草坪地被植物利用。

6，

卢格纳格尔（*Lugnagall*）：斯莱戈格仑卡谷地中的一个小镇，盖尔语，意思是"异乡人的谷地"。